D0753739

LE DERNIER AMI

TAHAR BEN JELLOUN

LE DERNIER AMI

roman

ÉDITIONS DU SEUIL
*27, rue Jacob, Paris VIe*

ISBN 2-02-065412-1

www.seuil.com

J'ai reçu une lettre ce matin. Une enveloppe en papier recyclé. Sur la tête de Hassan II en djellaba blanche, un tampon où la date et le lieu d'émission sont difficilement lisibles. J'ai reconnu l'écriture hachurée de Mamed. En haut à gauche, le mot « personnel » est souligné deux fois. À l'intérieur, une feuille jaunâtre. Quelques phrases, brutales, sèches, définitives. Je les ai lues et relues. Ce n'est pas une blague, un canular de mauvais goût. C'est une lettre destinée à me détruire. La signature est bien celle de mon ami Mamed. Il n'y a pas de doute. Mamed, le dernier ami.

I

ALI

1

Il avait l'habitude de dire : « Les mots ne mentent jamais ; ce sont les hommes qui mentent ; moi, je suis comme les mots ! » Mamed riait de sa trouvaille, sortait de sa poche une cigarette brune et entrait dans les toilettes du lycée pour la fumer en cachette. C'était la première de la journée ; il lui trouvait un goût particulier. Nous l'attendions tout en faisant le guet de peur que M. Briançon, l'intraitable surveillant général, n'intervînt. On le craignait parce qu'il était sévère et donnait des heures de colle aussi bien à ses deux enfants qu'à n'importe quel autre élève qui chahutait ou faisait le malin. Son humeur ne pouvait pas s'améliorer, surtout depuis le jour où son fils aîné fut appelé à faire son service militaire en Algérie. Nous étions en 1960. L'Algérie était déjà meurtrie par une guerre féroce. M. Briançon se retrouvait parfois avec M. Hakim, notre professeur d'arabe, qui lui aussi avait un fils au combat, enrôlé dans l'armée du FLN.

Les deux devaient évoquer les horreurs et l'absurdité de cette guerre, mais aussi la volonté farouche des Algériens de recouvrer leur indépendance.

Mamed était petit, les cheveux courts, le regard intelligent et avait de l'humour. Il était complexé par son physique sec et menu. Il pensait que tant qu'il n'avait pas parlé aucune fille ne lui prêterait attention. Il avait besoin des mots pour séduire, faire rire et aussi pour lancer des piques qui faisaient mal. On le savait toujours prêt à la bagarre, et rares étaient les gars qui le provoquaient. Nous étions devenus copains parce qu'il avait pris ma défense le jour où j'avais été attaqué par Arzou et Apache, deux voyous qui avaient été renvoyés du lycée pour vol et agression. Ils m'attendaient à la sortie et cherchaient à m'attirer dans une trappe en me disant « Al Fassi la teigne » ; « Al Fassi le juif »... À l'époque, les gens nés à Fès et émigrés à Tanger n'étaient pas aimés. On les appelait « les gens de l'intérieur ». Tanger avait un statut de ville internationale, et ses habitants se considéraient comme des privilégiés. Mamed s'était interposé entre les deux voyous et moi ; il montra sa détermination à se battre pour protéger son ami. Arzou et Apache rebroussèrent chemin en disant : « On plaisante, c'est tout ; on n'a rien contre les Peaux Blanches de Fès, c'est comme les juifs, on n'a rien contre eux, mais ils réussissent partout, allez, on plaisante... »

Mamed me dit que j'avais la peau trop blanche et que je devrais aller à la plage me faire bronzer. Il ajoutait que lui aussi pensait que les Fassis avaient les mêmes caractéristiques que les juifs, mais que lui les admirait tout en étant un peu jaloux de leur statut de minorité dans la ville. Il disait aussi que les Fassis et les juifs étaient calculateurs et radins, intelligents et souvent brillants, mais que lui aussi aurait voulu être économe comme eux. Un jour, il me montra une page d'un magazine d'histoire où on disait que plus de la moitié des Fassis était d'origine juive. La preuve, disait-il en riant, tous les noms commençant par Ben sont juifs, des juifs venus d'Andalousie ; ils se sont convertis à l'islam. Regarde, la chance que tu as ! Tu es juif sans devoir porter la kippa, tu as leur mentalité, leur intelligence et en vérité tu es musulman comme moi. Tu gagnes sur les deux tableaux et même mieux, tu n'as pas les emmerdements qu'ont les juifs ! C'est normal qu'on soit jaloux de vous, mais toi tu es mon copain, il faudra juste que tu changes ta façon de t'habiller, et puis que tu sois moins radin.

Vue de Tanger, la ville de Fès m'apparaissait comme une cité hors du temps, ou plus précisément ancrée et figée dans le Xᵉ siècle. Rien, absolument rien n'avait bougé depuis le jour de sa création. Sa beauté, c'est le temps. Je me rendais bien compte que j'avais quitté une époque très lointaine, et du jour au lendemain je m'étais trouvé dans une ville du XXe siècle avec des lumières à profusion, des rues asphaltées, des voitures, et surtout une société cosmopolite parlant plusieurs langues et utilisant plusieurs monnaies. Mamed se moquait de moi et faisait croire aux copains que j'étais « un survivant de la préhistoire ». Il était intarissable sur les vieilles traditions de cette ville qui avait toujours refusé la modernisation, et laissait entendre que Tanger n'avait rien à voir avec cette « vieillerie » dont raffolent les touristes. Son père, un notable de la ville, sage et cultivé, ami de la délégation britannique rectifiait : Fès n'est pas une vieille chose sans intérêt, au contraire, c'est le berceau de notre civilisation, du moins celle qui concerne les villes, c'est à Fès que nos ancêtres juifs et musulmans expulsés d'Espagne par Isabelle la Catholique ont trouvé refuge. C'est là qu'a été construite la première université musulmane de grand niveau, la Qarawiyyin, et c'est une femme qui l'a construite, une femme riche venue de Kairouan ! Fès est en elle-même un musée vivant et devrait faire partie du patrimoine universel ; je sais, des chefs-d'œuvre sont mal conservés, mais c'est une ville unique au monde, et rien que pour ça, il faut la respecter.

J'aimais bien cet homme, fin et élégant ; il me prêtait souvent des livres, me demandant de les rendre ensuite à son fils, qui n'aimait pas trop lire.

La maison de Mamed se trouvait à quelques pas du lycée. La mienne était de l'autre côté de la ville, dans le quartier du Marshane, donnant sur la mer. Plus d'une vingtaine de minutes à pied. Il m'invitait à prendre le goûter chez ses parents. Je le trouvais succulent. Le pain venait d'une boulangerie espagnole alors que le nôtre était fait par ma mère et ne pouvait être que moins bon. À l'inverse, au pain acheté chez Pépé, il préférait celui de ma mère et me disait : « Tu vois, ça, c'est du pain, tu ne te rends pas compte, il est fait maison, c'est formidable ! »

2

Notre amitié allait mettre du temps à s'installer. Quand on a quinze ans, les sentiments sont vacillants. À l'époque, nous nous intéressions davantage à l'amour qu'à l'amitié. Nous avions chacun une fille dans la tête. Mamed n'en avait pas. Il trouvait ridicule de faire la cour à une fille et n'allait jamais aux surprises-parties que des Français organisaient. Il avait peur qu'une fille ne refuse de danser avec lui parce qu'il était petit, ne le trouvait pas beau ou simplement parce qu'il était arabe. Il avait des raisons d'avoir cette attitude : durant une fête d'anniversaire d'un de ses cousins dont la mère était française, une jolie fille l'écarta sans ménagement. Pas toi, trop petit et pas terrible ! Ce fut un traumatisme qui prit des proportions dramatiques. Toutes les discussions durant les récréations tournaient autour de la guerre d'Algérie, du colonialisme et du racisme. Il ne plaisantait plus. Tout naturellement, je me mettais de son côté et j'approuvais tout ce qu'il disait. Notre professeur de philosophie nous lisait des pages du dernier livre de Frantz Fanon, *Les Damnés de la terre*, et nous passions des heures à en discuter. C'était aussi l'époque où nous nous réclamions de Sartre plutôt que de Camus à cause de sa petite phrase « entre ma mère et la justice, je choisis ma mère ». Déjà très engagé en politique, Mamed prétendait lire Marx et Lénine. Moi, je prenais mes distances tout en étant farouchement anticolonialiste. Je lisais les poètes, classiques et modernes. Mamed était devenu militant. J'étais tombé amoureux, ce qui l'énervait. Elle s'appelait Zina, était brune et très sensuelle. Pour la première fois, l'idée qu'il pouvait être jaloux traversa mon esprit. Je lui faisais des confidences, il se moquait gentiment de moi. Je prenais cela à la légère. Mais, au fond, il n'admettait pas cette intrusion dans notre amitié. Pour lui, c'était une perte de temps et d'énergie. Il avouait assez facilement qu'il se faisait plaisir une fois par jour en « se tapant une paille » (traduction littérale de *paja* en espagnol pour dire masturbation). Il faisait de l'humour avec cette histoire de paille. Les filles, gênées, se cachaient le visage pour rire. Il poussait la plaisanterie plus loin en comparant les filles à « des pailles d'exception ».

Nos pique-niques devenaient des moments de règlement de comptes. Il nous poussait à jouer au « jeu des défauts » consistant à énumérer, chacun à son tour, ses propres défauts, même et surtout cachés ou intimes. Il commençait par donner l'exemple et étalait les siens : je suis petit, laid, antipathique, radin, paresseux ; j'aime péter à table quand je m'ennuie ; je ne suis pas fréquentable, je mens plus que je ne dis la vérité, je n'aime pas les gens et je suis volontiers méchant... à toi maintenant ! Il me regardait comme pour me défier. J'entamais mon autocritique en exagérant certains traits de mon caractère, ce qui lui plaisait. Ma copine n'aimait pas ce jeu, menaçait de ne plus venir à nos sorties. Il la faisait taire en la menaçant de révéler des secrets qu'il prétendait connaître sur elle. Ce qui m'inquiétait. Il m'avouait ensuite que c'était une tactique assez efficace partant du fait que tout être a des secrets qu'il n'aimerait pas dévoiler. Au fond, les filles l'aimaient bien. Khadija lui avoua publiquement qu'il lui plaisait même quand il ne parlait pas. Nous étions tous soulagés. Si Mamed acceptait d'avoir des relations avec une fille, cela le rendrait plus aimable et moins méchant. Il n'était pas tombé amoureux, mais fréquentait Khadija de manière assez assidue. Un jour, alors que tout allait bien, que notre pique-nique était réussi, Mamed décida de reprendre le jeu des défauts, mais cette fois-ci en dénonçant ceux de la personne qu'on connaissait le mieux. La pauvre Khadija devint blême. Il commença par parler du chiffre douze. Douze défauts dont certains feraient fuir n'importe quel homme et d'autres le rendraient misogyne. Impossible de l'arrêter. Il était parti dans son réquisitoire malgré les protestations de tous. Il disait qu'on avait peur et que nous étions des lâches. Zina alluma son transistor et mit le volume à son plus haut niveau pour couvrir les paroles atroces de Mamed. Dalida chantait *Bambino*. Furieux, il se jeta sur l'appareil et le lança dans la mer :

– Vous devez m'écouter, nous sommes là pour la vérité, pas pour cultiver cette hypocrisie sociale qui bloque ce pays dans tout ce qu'il entreprend. Oui, Khadija a douze défauts ; elle en a au moins autant que chacun d'entre nous ; alors de quoi avez-vous peur ? Écoutez : à dix-huit ans, elle est encore vierge ; elle préfère être sodomisée plutôt que d'ouvrir ses cuisses ; elle fait des pipes, mais refuse d'avaler ; elle met du déodorant au lieu de se laver ; quand elle jouit, elle hurle le nom de tous les prophètes ; boit de l'alcool en cachette ; quand elle est en manque, elle se fout des bougies dans le cul...

Khadija, suivie de deux autres filles, prit la fuite. Nous les rejoignîmes, laissant Mamed énumérer les défauts de sa copine. Nous étions atterrés et décidâmes de ne plus organiser de sortie à la Vieille Montagne tant que ce monstre était dans les parages.

Le soir, Mamed sonna chez moi. Il était en larmes, prétendait avoir fumé une pipe de kif et bu une bière espagnole qui était exagérément dosée en alcool. Il ne savait plus comment se faire pardonner ce scandale.

Je découvris un garçon triste, profondément mal dans sa peau, ne s'aimant pas et n'aimant personne Il avait besoin d'être pris en main par un psychiatre. Il me dit qu'il voulait bien essayer, mais il avait peur d'être considéré comme fou. Il ne revit plus Khadija. À partir de cette époque-là, Mamed s'isola. J'étais la seule personne qu'il voyait. Il avait confiance en moi et faisait des efforts pour ne plus se laisser aller à ses dérives d'un humour douteux. Il avait gardé cependant un peu de son ironie, qu'il pratiquait avec intelligence. Alors que ma relation amoureuse se heurtait à des difficultés matérielles – nous n'avions pas de lieu où nous retrouver –, Mamed me racontait ses coucheries clandestines avec la jeune femme qui travaillait chez ses parents. Il avait de moins en moins recours à « la paille » et avait peur que sa mère ne la renvoyât. Il me dit, c'est une fille du peuple, vierge évidemment, on ne parle pas, je la retrouve la nuit, elle m'attend nue sur le ventre, sa croupe bien en évidence, je me couche sur elle, écarte ses fesses, je la pénètre tout en mettant ma main sur sa bouche pour qu'elle ne crie pas ; j'éjacule jamais en elle ; je vide mes couilles, elle a du plaisir, tout le monde est content, le matin quand elle me voit, elle baisse les yeux, moi aussi.

3

Durant l'année du bac, il s'était assagi et nous rejoignait au Café Hafa pour réviser ensemble. Il était fort en maths, ce qui nous rendait service. Il lui arrivait de faire quelques plaisanteries tout en respectant les limites. Je réussis à le réconcilier avec Khadija dont il était amoureux sans oser l'avouer. Ce fut lui qui me trouva une garçonnière où je pouvais enfin faire l'amour avec ma copine. Il me dit : « C'est fini le flirt dans le cimetière ; à partir de demain, tu pourras disposer de l'appartement de François, notre prof de gymnastique parti en vacances chez lui en Bretagne ; il m'a laissé les clés pour arroser les plantes et donner à manger aux chats. »

J'étais fou de joie. On se mit d'accord sur un planning d'occupation : un jour lui, un jour moi. Quand l'appartement était occupé, on mettait sur la porte une punaise rouge. En partant, on la remplaçait par une punaise verte. Notre été fut merveilleux. Nous nous retrouvions le soir pour échanger des confidences. Ce lieu était notre secret. Personne de la bande n'en savait rien. La discrétion était absolue. Il en allait de la vie des filles qui devaient absolument préserver leur virginité jusqu'au mariage. Nous nous voyions l'après-midi, jamais le soir. Avec ma copine, je pratiquais ce qu'on appelait à l'époque « le coup du pinceau » ; je frottais ma verge contre son vagin sans la pénétrer. C'était une technique astucieuse qui m'obligeait à être très attentif. Mamed m'avouait préférer la sodomie.

Cet été 62 marqua notre lien de façon inoubliable. L'amitié commence avec le partage des secrets et surtout avec la naissance de la confiance. La sœur de Mamed devint amie avec Khadija et Zina. Ce qui nous facilitait les sorties. Les parents n'avaient plus à s'inquiéter. Mamed et moi avions établi un code pour dire certaines choses sans éveiller les soupçons. Il me disait, demain je dois arroser les plantes de M. François. Après-demain, ce sera ton tour de donner à manger aux chats ; n'oublie pas de passer au marché de poissons pour prendre quelques sardines ; ce sont des chats choyés !

Tout en étant inexpérimentés, nous nous amusions bien. Un jour, Mamed me dit j'en ai assez du cul de Khadija, j'aimerais pénétrer un vagin, un vrai, sans peur, sans honte ; il faut qu'on aille voir des putes ; le mieux, c'est d'aller à Ceuta, là-bas, les putes espagnoles sont propres et très bien entraînées ; notre copain Ramon nous accompagnera, il connaît bien les lieux, il faut juste trouver de l'argent ; je dirai à mes parents que nous allons acheter des disques à Ceuta, parce qu'ici le marché est très peu fourni ; mon père est mélomane, il suffit que je lui achète la dernière interprétation de *Don Giovanni* de Mozart pour qu'il me donne de l'argent ; toi, tu vois avec tes parents, tu trouveras bien quelque chose...

Ramon n'était pas avec nous au lycée ; il travaillait avec son père, qui avait une entreprise de plomberie. Avec lui, nous pratiquions notre espagnol et surtout on faisait la fête. Il avait une cote formidable avec les filles. C'était un copain qui nous faisait rire parce qu'il lui arrivait de bégayer quand il était ému. La vue d'une belle fille le rendait bègue.

Nous voilà dans l'autocar qui va vers Tétouan puis Ceuta. Nous arrivâmes en fin de journée. Ramon avait l'adresse d'une pension pour dormir et une autre pour baiser.

Je bus du vin pour la première fois. Je trouvai cela infect. À la pension Fuentes, les filles étaient exposées en bas. Il fallait payer d'avance. Cinquante pesetas la passe. Mamed choisit une blonde aux gros seins. C'était en fait une Marocaine qui s'était teinte en blonde. Ramon était un familier de la maison. Il y avait sa « régulière », une rousse aux cheveux courts et aux yeux vifs. Moi, je montai avec une brune mince qui avait l'air triste. Je pensais qu'elle était experte. Elle était fatiguée et blasée. J'éjaculai vite. Elle poussa un soupir de soulagement. Elle se lava devant moi et au moment de se rincer la bouche, elle retira son dentier. Je descendis en étant dégoûté et attendis les autres devant l'entrée. Apparemment, Mamed était tombé sur une bonne fille. Une demi-heure de baise contre mes malheureuses cinq minutes. Sa partenaire se faisait appeler Katy. La mienne s'appelait Mercedès, et j'étais son quatorzième client de la journée. Elle me dit je ne dépasse jamais quinze clients par jour ; c'est un principe ; mais toi tu n'as été qu'un demi-client, t'es trop jeune pour ça !

Demi-client ! J'étais vexé et n'osais pas en parler avec Mamed qui avait l'air très satisfait. Il me dit j'ai bien vidé mes couilles ; je me sens bien ; Katy m'a promis de me rendre visite à Tanger ; je la baiserai chez elle ; si tu veux elle viendra avec la tienne... on ira tous chez l'ami Ramon, qui opinait de la tête.

Surtout pas, je ne voulais plus entendre parler de Ceuta et de ses putains. Je n'ai jamais oublié la vieille et son dentier. Des images burlesques se bousculaient dans ma tête. Comment ne pas faire le lien avec l'histoire du vagin qui avait des dents pour mordre ? Mamed sentait que je n'étais pas heureux. Il pensait que c'était une histoire de morale, de culpabilité, de faute ou de péché. Non, j'étais blessé parce que j'avais vu ce que je n'aurais jamais dû voir : une femme édentée qui s'essuyait les cuisses avec un vieux gant mouillé et moi qui remettais mon pantalon en pensant que je venais de vivre un moment d'une infinie tristesse. Il essaya de me consoler. Il m'accompagna chez moi et nous passâmes la soirée à écouter la radio. J'avais envie de pleurer. Le lendemain, tôt le matin, nous partîmes au hammam de la rue Ouad Ahardane.

4

Même s'il ne fumait plus en cachette, il n'osait jamais le faire devant ses parents. Une question de respect. Son père était un homme réservé. Pour le saluer, je lui baisais la main comme je faisais avec mon père. Il ne savait pas qu'on appelait son fils Mamed. Un jour, un camarade de classe téléphona chez Mamed et tomba sur son père. Il n'apprécia pas du tout ce surnom et fit la leçon à son fils :

– Ce fut un honneur pour moi de t'avoir donné le prénom de notre prophète bien-aimé ; j'ai égorgé moi-même le mouton de ton baptême, et voilà que tu te fais appeler de manière ridicule. Tu t'appelles Mohamed et je ne veux plus entendre parler de ce Mamed.

Il nous avait raconté l'incident en nous rappelant qu'il était un mauvais musulman, que ce prénom était lourd à porter, et que tous les Marocains s'appellent Mohamed.

Durant le mois du Ramadan, on se retrouvait chez le bon François qui nous préparait des omelettes aux champignons de Paris. Mamed insistait pour avoir une tranche de jambon et un verre de vin. Non seulement, il ne jeûnait pas mais il voulait transgresser les interdits alimentaires. Je me contentais de l'omelette et je demandais à Dieu de me pardonner cet écart. Au coucher du soleil, chacun se retrouvait autour de la table familiale et faisait semblant d'avoir souffert de la faim et de la soif.

Les soirées du Ramadan avaient quelque chose de très sympathique. Les cafés étaient pleins. Les hommes jouaient à un jeu espagnol appelé « Parché », sorte de jeu de dés. Les femmes promenaient leurs enfants. La ville était très animée. Mamed fumait cigarette sur cigarette. C'étaient des Favorites, les moins chères et certainement les plus nocives. Je lui avais rapporté de mon premier voyage en France une cartouche de Gitanes. Il me l'avait rendue en disant détester le bon tabac. Il trouvait son plaisir dans ces Favorites où tout était mauvais. Quelques jours après il me réclama les Gitanes en m'expliquant qu'il ne voulait pas s'y habituer et qu'il n'avait pas les moyens de se payer ce luxe. Nous avions à peu près le même argent de poche. Nos parents n'étaient pas riches. Mamed faisait tout le temps des calculs. Entre son paquet de cigarettes, un mauvais verre de vin et quelques revues comme *Jazz Hot,* il n'arrivait pas à joindre les deux bouts. Étant moi-même passionné de cinéma, j'avais trouvé dans la médina un revendeur de journaux et magazines invendus. On l'appelait « Monstruo » du fait de son grand handicap moteur. Il se tordait dans tous les sens mais tenait sa boutique de main de maître. Personne n'osait se moquer de lui, même s'il avait admis son surnom, ce qui lui faisait dire : « Tordu de partout, mais je nique toutes vos sœurs ! » Il achetait les invendus au poids et nous laissait fouiller dans des piles où on trouvait aussi bien *Le Pèlerin, Esprit, Les Temps modernes,* que *Ciné-Revue, Ciné-Monde, Les Cahiers du cinéma, Positif* et aussi *Le Chasseur français, Nous deux, Confidences, Salut les copains,* etc.

Nous nous échangions livres et revues. Mamed se moquait de moi parce que j'appréciais beaucoup l'esprit des *Cahiers*. Il me traitait de snob. Il préférait *Ciné-Revue* et un magazine où on racontait une histoire avec des photos où les femmes étaient souvent dévêtues. Nos discussions étaient vives. Les autres copains se sentaient exclus et nous voyaient comme des intellectuels branchés sur la France. Ce n'était pas faux. Quand nous n'évoquions pas les problèmes de sexe, nous parlions culture et politique. Nous nous sentions proches et assez complices malgré nos différences. Il était exclu de prendre une décision importante sans se concerter et en discuter longuement. Curieusement, on ne parlait jamais d'amitié. Nous vivions des moments d'échange et de partage, et nous étions heureux. Ce fut la jalousie de certains camarades du lycée qui nous révéla l'importance de ce lien. De temps en temps, Ramon se joignait à nous, observait avec amusement notre relation. Il la trouvait rare, nous disait qu'on était mieux que des frères, qu'il aurait aimé être le troisième larron, mais le fait qu'il était un ouvrier travaillant de ses mains rendait cette amitié difficile. Il avait tort, ce qui ne nous empêchait pas de nous voir surtout pour la drague.

5

Après le bac, nos voies allaient se séparer. Par son orientation scientifique, Mamed était tout désigné pour faire des études de médecine. Il en rêvait. C'était sa vocation. Il obtint une bourse et partit pour Nancy. Je m'installai au Canada pour faire des études de cinéma. Nous correspondîmes les premiers mois, puis nos lettres s'espacèrent, mais nous nous retrouvions l'été à la plage de Tanger-Ville comme au bon vieux temps. De nouveau la drague, les soirées musicales, les amourettes de vacances, les discussions sur l'état du monde, des graffitis sur les murs de l'école américaine avec « À bas l'impérialisme américain » ; « *Go home* » ; « le Vietnam vaincra »... Ce fut à ce moment-là que Mamed m'apprit qu'il s'était inscrit au Parti communiste français. Il me tenait un discours avec des phrases toutes faites, avait perdu de son humour, me lisait des pages de Lénine qu'il appelait « le génie ». Il fumait toujours autant et disait retrouver les Favorites (inexportables) avec un vif plaisir. Son engagement politique l'accaparait. Nous nous voyions moins régulièrement qu'avant. Je fus inquiet du fait qu'il ne s'intéressa pas du tout à mes études de cinéma. La seule fois où nous en parlâmes ce fut pour m'entendre dire que le cinéma américain participait à la destruction des cultures et des peuples du Tiers Monde, que John Ford était raciste, Howard Hawks un manipulateur et Roul Walsh un visionnaire borgne !

Je découvrais à quel point l'endoctrinement idéologique pouvait aveugler un esprit aussi intelligent. Nos discussions n'avaient plus cette complicité du début. Le seul moment où je le retrouvais, c'était lorsqu'il parlait des filles de Nancy. Il me dit, fini la sodomie, les filles font vraiment l'amour, elles adorent les Marocains, elles disent que nous avons une peau tannée par le soleil et le désir, tu te rends compte, des filles belles et disponibles, pas des putes, mais des filles avec lesquelles tu parles d'égal à égal, oui, mon pote, tu devrais venir me voir, malheureusement avec les cours très durs, les réunions de cellule, il reste peu de temps pour la baise, mais on y arrive quand même ; le seul domaine où je trahis le parti, c'est celui du sexe ; je ne baise jamais avec les camarades ; je préfère les filles qui ne sont pas communistes, je ne sais pas pourquoi, mais les camarades, même quand elles sont jolies, elles ne me font pas bander ; c'est vrai, je trouve plus de plaisir avec une laborantine ou une caissière de Monoprix qu'avec une nana du parti ; et puis elles sont libres, elles ne se font pas prier pour sucer et avaler ; elles adorent ; j'ai une régulière, Martine, et deux ou trois occasionnelles, elles sont sympas, pas compliquées, directes, libres et joyeuses, c'est pas comme ici, tu te souviens de Khadija et de Zina ? Quelles pétasses ! Vachement complexées et compliquées ! Touche pas à mon hymen ! J'y ai pas touché, heureusement, sinon je serais déjà casé avec deux enfants ; je crois que Khadija a fini par mettre le grappin sur un prof d'arabe, tu sais, le mec qui portait des lunettes à double foyer, le type très timide, ils se sont mariés, elle a arrêté ses études et lui gagne 1 152 dirhams par mois, j'ai vu sa fiche de paye, oui, bien sûr j'ai revu la Khadija, elle est vachement bonne, la route est libre, je suis entré comme bonjour, toujours chez le brave François, mais elle n'a pas voulu m'embrasser ni me sucer, elle m'a dit qu'elle réservait ça à son mari ! Elles sont curieuses, nos Marocaines ! mais qu'est-ce qu'elle est bonne, quand tu entres, elle serre très fort les cuisses et te retient tout en bougeant très légèrement, c'est du Nafzawi, je suis sûr qu'elle a lu *Le Jardin parfumé* pour avoir appris ce truc ; à Nancy, il y a aussi des Marocaines, mais je préfère les petites mécréantes, elles sont perverses et si talentueuses ; là-bas, je fais tout ce que m'interdit la religion : je mange du bon jambon, je bois du bordeaux et je fais l'amour avec des femmes mariées, oui j'ai oublié de te dire que ma régulière est la femme du comptable de ma fac ; on se retrouve en fin de journée, au moment où il doit faire les comptes, tout marche ! Et toi, où en es-tu avec les nanas ? Avec ta belle gueule, ton élégance de fils de bonne famille, tu dois avoir beaucoup de succès, c'est vrai, j'ai toujours été un peu jaloux de toi, je plaisante, tu vas pas faire la gueule pour ça, vous les Fassis, vous n'avez pas beaucoup d'humour, mais vous êtes bien nés, malins et assez calculateurs, enfin, tu sais mon opinion là-dessus, sauf que toi, je t'aime bien.

Toujours raciste et misogyne !

Il fit semblant de ne pas m'avoir entendu et se mit à parler de la situation internationale. Puis, entre deux phrases sur l'impérialisme américain, il s'arrêta : Miso... quoi ? Les femmes, pour toi, ce sont des êtres inférieurs, en cela tu es sur la même ligne que les religieux ! Moi, religieux ? Tu sais bien que je suis athée et que j'aime les femmes, moi, miso... ? Ça va pas, Ali, tu dis n'importe quoi... Raciste ? Moi, raciste ? C'est pas parce que les Peaux Blanches m'énervent que je suis raciste ! Les Fassis énervent tout le monde, ce n'est pas du racisme, mais du régionalisme, ce n'est pas moi qui le dis, mais notre prof d'arabe qui faisait cette distinction. Ils sont partout, ont les meilleurs postes, travaillent bien en classe et en plus il faut qu'on les aime ! Non, mon cher ami, je te pardonne d'être fassi, mais il faut pas exagérer.

6

J'étais toujours amoureux de Zina et je ne supportais pas le froid du Québec. Ce qui ne m'avait pas empêché d'avoir une petite amie, une Vietnamienne dont la famille avait fui la guerre. Elle était douce et étrange, parlait très peu et aimait se lover dans mes bras durant des heures. Elle avait vingt ans et en paraissait seize, ce qui me gênait quand nous sortions ensemble. Tout était menu chez elle : des petits seins comme des bourgeons, de petites fesses bien fermes et surtout un sexe minuscule. Le tout était exotique, et notre relation était plus amicale qu'amoureuse. Elle me présenta à ses parents, j'étais très content de discuter avec eux de leur vie, de l'exil et de leurs espérances. Ils détestaient les communistes mais ne voulaient pas non plus d'Américains chez eux. Ils adoraient la France et sa culture. Ils attendaient des papiers pour s'installer dans la région parisienne.

J'écrivais des lettres d'amour à Zina, qui me répondait en citant des vers de Chawki, celui qu'on nomme « Prince des poètes ». Elle voulait le mariage, des enfants, une maison et un jardin. Elle trouva tout cela auprès d'un vague cousin, bien plus âgé qu'elle, dont le métier était indéfinissable. Il était comme beaucoup d'hommes du Rif un trafiquant de kif. De passage à Tanger, Mamed m'écrivit un jour pour m'apprendre comment cet homme fut arrêté par la police espagnole et condamné à plusieurs années de prison. Zina ne donna plus signe. Elle élevait seule son enfant dans une grande maison avec un immense jardin où elle avait fait installer des balançoires et des hamacs où elle passait la majeure partie de son temps en chantant des poèmes soufis. Mamed me laissa entendre qu'elle ne sortait jamais. Elle était surveillée par la famille de son mari. Elle n'avait pas le droit de dépasser le seuil de la belle maison. Le mari se tenait au courant de tout ce qui se passait dans la famille. Un jour, il demanda à voir son fils, ce fut un de ses frères qui vint le chercher pour la visite. Zina n'eut pas le droit de prononcer un seul mot. Le Chef avait décidé, elle devait obéir sans faire de commentaire. Même ses parents n'étaient pas autorisés à la voir. Ils s'étaient opposés à ce mariage, disant qu'on n'était pas faits pour eux et eux n'étaient pas faits pour nous, mais c'est ainsi, notre fille est tombée sur la tête, elle est folle de cet homme.

Lorsque j'appris cela, je fus tenté de jouer le héros et de braver la vigilance rifaine en enlevant Zina et son fils. Mais où aller avec eux ? Je repensai à Ramon qui avait quitté la plomberie pour devenir agent immobilier. De ce fait, il avait toujours des appartements vides à louer. Peut-être que Zina est heureuse ainsi. Peut-être qu'elle aime les hommes qui la font souffrir. Elle me disait qu'elle aime l'homme qui tranche dans le vif. Je n'ai jamais su trancher et j'ai laissé les femmes me quitter. Je me projetais ce film dans la tête en pensant au *Tombeau hindou* de Fritz Lang. Je m'endormais en élaborant ce scénario et surtout en me dotant d'une force physique et d'un courage que je n'avais pas.

7

L'été 66 nous allions être abandonnés par les illusions de notre jeunesse. Mamed fut arrêté par la police politique. Quelques heures après son retour de France, deux hommes en civil sonnèrent chez ses parents, lui demandèrent son passeport et l'embarquèrent dans une voiture banalisée. J'étais à ce moment-là dans l'avion qui me ramenait de Montréal à Casablanca. À mon arrivée, je ne fus pas inquiété. Je passai les formalités de police et de douane sans problème. À Tanger, mes parents avaient reçu la visite d'un cousin qui travaillait dans l'administration de la mairie. Il leur aurait conseillé de me demander de reporter mon retour au pays. Trop tard. Les arrestations d'étudiants ayant des activités ou simplement des opinions politiques de gauche se multipliaient. Les parents de Mamed étaient restés sans nouvelles durant une quinzaine de jours. Des « hommes gris », comme les appelait ma mère, sonnèrent chez nous à six heures du matin. Leur brutalité avait figé ma mère dans une expression qui l'avait défigurée durant plusieurs jours. Ils ne donnaient pas d'explication, exécutaient des ordres sans le moindre scrupule. On disait que la police marocaine avait hérité tous les travers de la française. Ils avaient probablement suivi des stages en France pour apprendre à être violents et sans état d'âme.

En prison, je retrouvai Mamed qui était méconnaissable. Il avait maigri et avait la tête rasée. Nous étions moins d'une centaine d'étudiants poursuivis pour « atteinte à la sûreté de l'État ». Nous ne comprenions pas ce qui nous arrivait. Mamed avait été torturé. Il avait du mal à marcher. La première chose qu'il ait dite fut je n'ai rien dit parce que je ne savais rien ; sous la torture tu parles, mais moi, je ne savais pas ce qu'ils me voulaient ; j'inventais des trucs pour qu'ils arrêtent de me frapper, je disais n'importe quoi, alors ils redoublaient de férocité ; ils avaient des dossiers sur chacun d'entre nous depuis nos premières discussions dans la cour de récréation du lycée ; il y avait parmi nous un type qui les renseignait ; avec des recoupements, j'ai deviné qui c'était ; dans chaque groupe humain il y a un traître qui doit jouer son rôle de traître ; le nôtre était un type quelconque, un pauvre type qui se vengeait de la vie qui ne l'avait pas avantagé. Le pire est que cet homme a fait carrière dans l'administration marocaine et qu'il a eu de grandes responsabilités au ministère de l'Intérieur. J'avais la conscience tranquille ; de toute façon on n'a rien fait de mal, on n'a pas comploté, on a juste discuté entre nous ; ils voulaient savoir des choses sur le FLN, sur les copains algériens partis faire la guerre. Ils confondaient tout exprès pour nous faire avouer des choses graves. Évidemment, ils savaient que j'étais au parti, mais le parti n'était pas interdit.

Il y avait dans le regard de Mamed un mélange de tristesse et de fierté. Je le sentais solide. Il me serra très fort contre lui et me demanda à l'oreille alors t'as baisé beaucoup à Québec ? J'éclatai de rire. Les autres prisonniers n'étaient pas de Tanger. Certains étaient des droits communs. Ils ne comprenaient pas pourquoi nous étions là. Un type nous dit vous n'avez même pas vendu un kilo de haschisch ? Vous n'avez rien volé, pas même blessé un salaud de flic ? Pour eux, la politique, c'était de l'abstrait. Un autre plus âgé, sans doute un parrain, nous demanda, c'est quoi la politique ? Vous voulez être ministres, avoir une voiture avec chauffeur, des secrétaires portant des jupes courtes, fumer des cigares et passer à la télé ? Quand on sortira, je vous donnerai tout ça, pas le titre de ministre, mais vous aurez tout le reste, vous êtes sympathiques, vous faites des études très hautes et on vous a arrêtés ! C'est fou, ce pays ne va pas bien, je veux dire que le pays va très bien mais qu'il y a des erreurs… Vous ne faites que parler, vous n'êtes pas capables de tuer quelqu'un, non, trop douillets, trop polis, bien élevés, pas de risque, alors je ne comprends pas ce que vous foutez dans cette prison. Le pays, ça va pas bien…

Il avait une cinquantaine d'années, et était certain qu'il allait être libéré dans la semaine. Effectivement, on vint le chercher en lui disant tu es libre. Lui ne faisait pas de politique, juste du trafic de kif vers l'Europe. Il nous fit un clin d'œil comme si nous allions nous revoir assez vite. Il eut le temps de nous dire son nom ou plutôt son surnom « Roubio » et que son quartier général se trouvait au Café Central au petit Socco.

Nous sommes restés dans cette prison une quinzaine de jours puis nous fûmes transférés dans un camp disciplinaire de l'armée où nous restâmes dix-huit mois et quatorze jours sans être jugés. Un matin, avant d'être jetés au camp, un gradé vint nous voir et nous dit qu'il fallait signer une lettre où nous demandions pardon au roi. Mamed, courageux, dit pardon pourquoi ? On n'a rien fait, on n'a commis aucun crime, aucune faute pour demander pardon... Le gradé lui dit tête de mule, tu me rappelles mon fils, il conteste tout ; vous avez de la chance que notre roi bien-aimé, que Dieu le glorifie et lui donne longue vie, soit de bonne humeur et vous avez l'audace de parler ? Allez, signez là, sinon vous serez accusés de désobéissance à notre roi bien-aimé, que Dieu le glorifie et lui donne longue vie, et là, c'est grave, très grave. Vous avez de la chance, je suis humain ! Si vous étiez tombés sur El Lobo, vous seriez en train de compter vos dents.

Mamed me regarda pour me demander mon avis. Je fis signe de la tête. Nos signatures furent apposées au bas d'une feuille à l'en-tête du ministère de la Justice. De toute façon, le roi n'est même pas au courant qu'on existe, alors qu'on demande sa grâce ou la main de sa fille, le résultat est le même : on n'existe pas !

8

Ces dix-neuf mois d'incarcération déguisée en service militaire scellèrent notre amitié de manière irréversible. Nous étions devenus sérieux. Nous avions tout d'un coup vieilli, nous étions entrés dans la maturité. Nos discussions n'étaient plus vaseuses, même si nous tenions à cultiver notre sens de l'humour et une certaine légèreté. Nous parlions des femmes avec une sorte de détachement et de respect.

Un jour, il me sauva la vie. La nourriture servie dans le camp était tellement infecte que je l'ingurgitais à toute vitesse en me bouchant le nez. Ce fut ainsi que j'avalai de travers et faillis mourir étouffé. Mamed hurla de toutes ses forces pour appeler au secours tout en me tapant dans le dos. J'étais devenu tout rouge et respirais de moins en moins. Ses cris étaient si puissants que les gardiens comprirent qu'il s'agissait d'une urgence et vinrent accompagnés du médecin. J'étais dans ses bras, je l'entendais me supplier de ne pas m'en aller. Grâce à sa présence et à son intervention je fus sauvé.

Une autre fois, ce fut lui qui se sentit mal. Il avait des douleurs terribles dans le ventre. Il était plié en deux et vomissait un liquide verdâtre. On n'avait pas de médicaments ni d'eau potable. Une forte fièvre provoquait chez lui des tremblements. On était au milieu de la nuit et personne ne vint malgré nos appels. Je lui massais longuement l'estomac et le ventre jusqu'au matin. Il s'endormit pendant que je continuais mes massages. Le lendemain, il fut transporté à l'infirmerie puis ensuite à l'hôpital où il séjourna une bonne semaine. Il revint amaigri et pâle. Il vit que j'étais très inquiet, alors comme s'il voulait me rassurer il me dit que nous étions liés à la vie à la mort et que rien ni personne ne pourrait détruire notre amitié.

En donnant de l'argent à Lrange, un gardien sympathique, nous eûmes des cahiers et des crayons. Nous décidâmes de tenir un journal. Mamed prétendait ne pas être doué pour écrire. Il me dictait sa journée. Nous n'avions pas la même perception du temps et de ce que nous vivions entre ces quatre murs. Il parlait d'une ogresse aux dents en plastique qui lui rendait visite tous les jours à la même heure, dialoguait avec elle et faisait des projets d'avenir une fois libéré. Il inventait des situations invraisemblables. Mamed était un conteur victime d'une étrange fièvre. S'il n'avait pas été malade, on l'aurait pris pour un surréaliste. Il lui manquait les mots, même s'il avait le sens de la formule.

9

Après notre sortie de prison, nous n'étions plus les mêmes. Malgré des interventions auprès de gens haut placés, nous n'avions pas droit au renouvellement de nos passeports. Nous étions punis. La grâce royale ne nous rendit pas toute notre liberté. Nous passâmes une bonne matinée au hammam où nous rencontrâmes l'ami Ramon. Il aimait le bain maure. Nous évoquâmes tout de suite le besoin d'aller voir des femmes. Il organisa une soirée où des filles payées par lui vinrent s'occuper de nous. Malheureusement, nos sexes étaient encore sous l'effet du bromure. Je me sentais mal. Ramon me rassura en me disant que ça lui arrivait souvent. Il devait mentir pour ne pas m'inquiéter. Le vin était triste, les filles gentilles, et nous autres complètement déphasés.

Mamed reprit ses études de médecine à Rabat, quant à moi j'abandonnai le cinéma et m'inscrivis à la faculté des lettres pour faire une licence d'histoire et de géographie. « C'est la terre qui écrit », nous disait un de nos professeurs à propos du mot géographie. Elle écrit aussi l'histoire des hommes.

La contestation des étudiants était générale et fréquente. Mamed et moi considérions qu'elle ne nous concernait plus. Nous étions des « anciens ». La police secrète épiait tous nos faits et gestes. Mamed se méfiait de tout le monde. Il fréquentait cependant un petit gars, laid et sale mais doué d'une grande intelligence. Curieux de tout, il était serviable, se démenant pour être agréable à Mamed. J'avais une intuition très nette et négative à son égard. Cet homme était trop gentil pour être honnête. Je me renseignai sur son parcours. Il était secret et ambigu.

Il disait travailler dans une entreprise de publicité. En fait, cet homme, cultivé et astucieux, était un flic. On le saurait plus tard quand le ministère de l'Intérieur le nomma chef du bureau de la censure. Mamed en fut malade. Il n'en revenait pas, il s'en voulait d'avoir été piégé : et dire qu'il me parlait de Kant, de Heidegger, de cinéma, de peinture, qu'il critiquait violemment le gouvernement et les méthodes de sa police. Il fit ensuite une carrière dans le renseignement. Son rêve était de devenir écrivain. Il publia quelques plaquettes de poésie indigente à compte d'auteur, les distribua dans les administrations et fut présenté comme le nouvel espoir de la francophonie dans une émission de la télévision d'État marocaine.

Cet homme était jaloux de notre amitié. Mamed l'écoutait sans le prendre au sérieux mais refusait de l'écarter définitivement de ses fréquentations, jusqu'au jour où il commit l'erreur de médire de moi et de ma famille.

10

Mamed se maria avec Ghita avant même d'avoir terminé sa spécialité en pneumologie. Ses parents étaient catastrophés, me demandèrent d'intervenir pour le convaincre de retarder l'événement. Ils me considéraient comme son meilleur ami, quelqu'un qu'il estimait et appréciait. Évidemment, je n'eus aucun succès auprès de Mamed. Il était particulièrement têtu, ne supportait pas qu'on cherche à lui faire changer d'avis. Cette forme de rigidité m'agaçait chez lui. Nous évitions d'en parler parce qu'il perdait une part de son humour et même de son intelligence. Un jour, après une discussion où il fut acculé à reconnaître ses torts, il se mit dans une colère inhabituelle et me dit : « Je me demande pourquoi nous sommes amis puisque nous ne sommes d'accord sur rien ou presque rien ! » Je ne pris pas au sérieux cette réflexion. Je pensais qu'il manquait de lucidité. Je devais être celui qui relevait ses défauts, chose qu'il ne se privait pas de faire avec moi. Mais nous n'étions jamais quittes.

Le mariage eut lieu comme prévu. Je fus l'ami le plus proche du couple. Ghita, une belle brune, était sociologue au chômage. Je savais que Mamed cherchait à fonder une famille, en avait assez des aventures sexuelles. Il m'en parlait, mais je ne pensais pas qu'il allait se décider si vite. Il me disait ce n'est pas l'amour fou, c'est l'amour lent, lent mais sûr. Il avait une théorie sur la vie conjugale qui se résumait en quelques clichés et aussi des idées originales. Ainsi, l'amour vient en vivant quotidiennement ensemble. Il donnait souvent l'exemple de ses parents. Ensuite, il vaut mieux choisir une personne avec un bon caractère qu'une beauté arrogante et enquiquineuse. Mamed s'était rangé, et j'étais le seul ami qu'il continuait de voir pour parler et faire le point. Il avait changé, avait pris du poids et était devenu irascible. Un rien l'énervait, il n'avait plus de patience. Nos rencontres n'étaient plus aussi calmes et plaisantes qu'avant. On aurait dit que mon célibat le gênait.

Je n'avais aucune envie de rentrer dans les rangs et d'épouser une gentille fille pour éviter la solitude. Lorsque je rencontrai Soraya, j'eus le coup de foudre, un petit tremblement de terre, une tempête dans le cœur, une avalanche d'étoiles et de lumière. Contrairement à Mamed, je choisis la beauté alliée à l'arrogance et à l'inconstance. Il refusait de me donner son point de vue, considérant que c'était une question trop intime pour être débattue entre amis. Contre l'avis de mes parents, j'épousai Soraya dont la présence me rendait fou de joie. Intelligente et maligne, elle était pétillante et violente. Soraya me donna une année de paix et de bonheur. Elle ne me contrariait jamais, redoublait d'attention et d'amabilité envers mes vieux parents. Elle se montrait douce et aimante, et était même devenue amie avec Ghita. Mamed en était content. Il voulait la prendre comme assistante dans son cabinet. Je refusai pensant qu'un jour ou l'autre notre amitié en souffrirait. Mamed était de mon avis et engagea une jeune infirmière, pas très gracieuse mais efficace.

À ma sortie de faculté, je fus nommé professeur d'histoire et de géographie à Larache, une petite ville côtière à quatre-vingts kilomètres au sud de Tanger. Je faisais la navette entre les deux villes puisque les parents de Soraya nous avaient prêté un appartement dans un immeuble qui leur appartenait ; ils refusaient de le louer en disant que les Marocains étaient de mauvais payeurs. Ma femme travaillait comme infirmière au centre du Croissant-Rouge. Nous vivions comme des petits-bourgeois aux ambitions réduites et à l'horizon limité. De temps en temps, Ramon nous rendait visite. Il s'était marié avec une Marocaine, et pour cela s'était converti à l'islam ; il se faisait appeler Abderrahim et parlait l'arabe. Il disait Ramon, Rahim, c'est presque la même chose. Pour nous, il était Ramon.

11

Nous avions, Mamed et moi, un petit rituel hebdomadaire bien sage : nous nous retrouvions le dimanche entre huit et neuf heures au café pour parler. Nous abordions les questions du moment, en général politiques, puis nous aimions nous raconter des ragots sans importance. De temps en temps, des anciens camarades du lycée ou de la faculté se joignaient à nous et participaient au rituel. Nous évitions les commentaires sur la politique. On savait qu'il y avait dans ce café plus d'indicateurs de police que de consommateurs. C'était l'époque où le pays vivait sous l'état d'exception, où des opposants étaient arrêtés, certains disparaissaient. La police prétendait les rechercher, mais tout le monde savait qu'une autre branche de cette même police les faisait disparaître. Notre hantise, c'était la disparition. Partir en fumée. Être réduit à une motte de terre, à une poignée de cendres. Ne pas être déclaré mort mais juste perdu dans la nature. Perdu et jamais retrouvé. Perdu et jamais enterré. Je me souviens d'une mère devenue folle, se promenant dans les rues, une photo de son fils à la main, refusant de rentrer chez elle avant d'avoir retrouvé son enfant. Elle dormait sur le trottoir, face au commissariat principal. Un jour, elle disparut. On raconte qu'on l'avait fait disparaître à son tour. Nous vivions avec cette peur au ventre, et on n'en parlait jamais.

Nous avions aussi l'habitude d'échanger nos lectures et nos disques. Le soir, tantôt chez l'un tantôt chez l'autre, nous prenions un verre. Mamed n'aimait que le mauvais whisky, qu'il noyait dans beaucoup d'eau gazeuse, fumait des Casa-Sport, des brunes qui avaient remplacé les fameuses Favorites retirées du commerce après l'augmentation des cancers du poumon chez les fanatiques de cette marque ; moi, je me contentais d'un doigt de Galavuiline, un whisky pur malt que j'achetais en contrebande chez un épicier juif qui le faisait venir de Ceuta. Quand Ramon nous rejoignait, il buvait du Coca. C'était un converti qui ne plaisantait pas avec la religion. Plus de Rioja ni de jamon Pata negra. On le taquinait et il riait.

Nous parlions, nous débattions, nous critiquions et aussi nous nous laissions aller aux jeux de mots et à l'humour noir. Il était de loin plus fort que moi dans ce domaine. Je le battais dans les références cinématographiques et dans la poésie. Chacun son choix, nous tenions à développer notre culture générale en espérant éviter de tomber dans la léthargie et la paresse caractérisant les gens de Tanger et surtout l'époque où les gens vivaient dans la méfiance et la peur, peur diffuse, sans nom, sans couleur.

Nos femmes se voyaient, quelque chose les empêchait de devenir des amies intimes.

Nous parlions rarement de nos problèmes conjugaux. Notre amitié faisait l'impasse sur cette question car nous savions par intuition que rien de bon n'en sortirait. Il soupçonnait mes difficultés ; je devinais sa déception. Nous étions naturellement solidaires mais nous n'avions pas besoin de le dire ni de le manifester publiquement. Normalement, il n'y avait pas d'interdit ni de tabou entre nous, mais nous devions avoir en mémoire le refrain de la chanson misogyne de Bob Marley, *No women no cry.* Chez nous, c'est bien connu, ce sont les hommes qui font pleurer les femmes. Pleurer et se taire. Ne pas avoir le droit de se plaindre. En amitié comme en amour, chacun devait avoir sa part de mystère. J'en avais peu. Mamed aimait cultiver la manie du secret, une tare acquise au sein du parti communiste.

12

Notre amitié connut une ellipse de cinq années. Un temps blanc sans la moindre tache ou rature. Une période où une part de nous-mêmes avait été mise sous le boisseau. Cela s'est fait naturellement, sans avoir rien décidé. La séparation était le fait de l'éloignement.

Mamed eut une proposition de travail pour l'Organisation mondiale de la santé. Il hésita et finit par accepter de quitter le Maroc pour quelque temps. Je l'avais encouragé à sortir du petit confort tangérois et tenter sa chance ailleurs. Il partit pour Stockholm, seul au début, le temps de s'installer et de voir s'il pouvait bien s'adapter. Ma femme et moi étions aux petits soins pour Ghita. Nous l'invitions souvent chez nous. Durant l'absence de mon ami, je m'étais occupé de lui trouver un remplaçant au cabinet. Je tenais la comptabilité, payais les charges et tout ce dont avait besoin sa famille. J'avais acheté un cahier d'écolier où je passais du temps à mettre tout en ordre au centime près. Mamed était tenu au courant de tout. Il téléphonait souvent. Je lui adressais des lettres détaillées.

L'été d'après, il revint, décidé à partir s'installer dans les pays nordiques. Il vendit son cabinet à mon neveu, qui venait juste de terminer ses études. Mon grand frère paya la somme demandée sans marchander. Le tout se passa dans les meilleures conditions possibles. Je découvris cependant que Mamed aimait trop l'argent, peur de manquer ou simplement une tendance à l'avarice qu'il cachait en faisant des mots d'esprit.

Mamed parti, je me retrouvai bien seul. Nos coups de téléphone et nos lettres s'espacèrent. Je plongeai dans une sorte de mélancolie. Ma femme ne comprenait pas pourquoi cet ami me manquait tant. Elle me fit quelques scènes de jalousie. Elle ne cessait de me demander d'ouvrir les yeux. Je pensais qu'ils étaient grands ouverts.

Un jour, il m'appela d'une cabine en me demandant si ma femme était là. C'était le soir de sa permanence. Mamed m'apprit que depuis qu'ils étaient en Suède, sa vie familiale ressemblait à un enfer. Ghita piquait des crises de nerfs d'une rare violence. J'étais sa cible préférée, m'accusant d'avoir trompé son mari dans la vente du cabinet ; elle était persuadée que j'avais utilisé notre amitié afin que mon frère fasse une bonne affaire. Ses parents l'auraient informée sur « le véritable prix de cette cession » et lui auraient conseillé de me faire un procès pour abus de confiance. J'étais outré, blessé. Mamed me disait que c'était un prétexte pour briser notre lien. Je lui confiai que ma femme aussi était jalouse de notre amitié. Je compris que cette relation qui avait mis beaucoup d'années à se construire était menacée. Je me faisais des illusions, je manquais de lucidité.

À aucun moment je n'ai pensé que ce lien pouvait se briser, qu'il n'était pas sincère et solide. Je ne permettais pas au doute de s'insinuer et encore moins de s'installer.

Je commis l'erreur d'en parler avec ma femme, qui tira profit de cette situation en disant tout ce qu'elle avait sur le cœur. Tu es bien naïf, ce type t'a utilisé, il a toujours été intéressé, son amitié n'a jamais été sincère. Sa femme a raison de nous accuser de tous les maux, nous lui avons donné l'occasion de nous humilier. Un bienfait est souvent rendu en mal. Tu devrais le savoir, toi qui t'es fait tellement arnaquer par ceux que tu considérais comme des amis, ceux qui ont profité de ta gentillesse, qui est au fond de la faiblesse, une forme supérieure de bêtise. À présent, tu as la preuve que ton meilleur ami est un faux, un *falso,* un ami bidon, celui qui fait semblant d'être à tes côtés alors qu'il est manipulé par sa bonne femme qui meurt de jalousie ; tu vois, tu devrais prendre des décisions, en finir avec tous ces types que tu fréquentes en leur confiant tes secrets, j'imagine même que tu leur racontes nos disputes et nos scènes de cul, tu ne peux pas garder un secret, tu es pourri par la vanité, ah ! le bon prof, ah ! le pédagogue distingué, celui que le ministère a fait décorer par un conseiller du roi, ah ! l'ancien gauchiste qui rentre dans les rangs et avale toutes les couleuvres ! Enfin, grâce à Ghita, nous sommes renseignés : Mamed n'est pas ton ami, il est jaloux et rancunier, il est la nounou de sa femme, l'esclave de sa femme, il fait ce qu'elle lui dit de faire, et toi tu gobes tout ce qu'il te raconte. Tu devrais mieux t'occuper de ton foyer, économiser pour que je puisse consulter en France et qu'un grand gynéco m'aide à avoir un enfant...

13

J'avais épousé Soraya pour sa beauté et son intelligence. Dès qu'elle apprit qu'elle ne pouvait pas avoir d'enfant, elle devint une autre femme. Notre vie tournait autour de ce problème. Elle lisait tout sur le sujet, écrivait à des chercheurs en France ou en Amérique, acceptait de faire un régime spécial pour favoriser l'ovulation, fréquentait des voyantes et réussit même à parler au téléphone avec Jacques Testard qui venait de réussir ce qu'on appela à l'époque « Amandine, le premier bébé éprouvette ». Elle était décidée à tenter une fécondation *in vitro*. Ses parents s'y opposèrent en disant que tout était entre les mains de Dieu et qu'il ne fallait jamais contrarier sa volonté. L'avis de ses parents était important parce qu'ils avaient les moyens de lui payer une telle opération. Pour éviter tout malentendu, je fis les analyses nécessaires pour vérifier la fertilité de mon sperme. Sans évoquer des convictions religieuses que je n'avais d'ailleurs pas, je poussai Soraya à accepter le principe de l'adoption. Je découvris que l'islam interdit l'adoption, qu'une famille pouvait prendre un bébé abandonné, l'élever, lui donner sa chance mais qu'il resterait toujours l'enfant de l'adultère, le fils ou la fille du péché, celui qui n'aura pas le droit de porter le nom de la famille adoptive. Question d'héritage et aussi risque d'inceste. La corruption arrange tout, hélas ! On fait des faux papiers, de faux certificats et aussi de faux livrets de famille. Même si Soraya acceptait d'adopter un enfant, je lui dis que je ne ferais rien d'illégal.

La naissance d'Adil, le premier enfant de Mamed et de Ghita, fut un drame pour Soraya. Elle fit un grand effort pour vaincre sa jalousie et dépasser cette contrariété. Elle éprouvait alors une joie et nous retrouvions nos moments de bonheur et de sérénité. Mais il suffisait d'un petit détail, un mot, un geste pour retomber dans le malaise.

Une fois, ce fut la vue d'une cousine enceinte qui la rendit malheureuse ; une autre fois, c'était une question posée par une voisine ou une publicité pour des couches vue à la télévision.

Je ne sais pas si l'amitié avec Mamed en a souffert. L'éloignement, la rareté des contacts avaient apparemment préservé notre lien. Lorsque Mamed m'appelait pour me demander des nouvelles, il me parlait comme si nous nous étions vus la veille. J'évitais de le mettre au courant des problèmes de Soraya. Lui aussi omettait d'évoquer avec moi ce qui se passait entre lui et son épouse. Nous parlions culture. Il me recommandait des livres, des films qu'il voyait avant moi. Je lui racontais les potins de la ville. Il aimait savoir ce qui se tramait en son absence, comme si Tanger lui appartenait.

Ville « attachante », elle vous attache contre un eucalyptus avec de vieilles cordes que des marins distraits ont oubliées sur le quai du port, elle vous poursuit comme une persécution, vous obsède comme une passion à jamais inachevée, alors on en parle, on croit que sans cette ville toute vie est maussade, on a besoin de savoir ce qui s'y passe, persuadé que rien d'essentiel n'y arrive ; Tanger, c'est comme une rencontre ambiguë, inquiète, clandestine, une histoire qui cache d'autres histoires, un aveu qui ne dit pas toute la vérité, un air de famille qui vous empoisonne l'existence dès que vous vous éloignez, et vous sentez que vous en avez besoin sans jamais réussir à dire pourquoi, c'est ça Tanger, la ville qui a vu naître notre amitié et qui porte en son flanc l'instinct de trahison, je raconte à Mamed les dernières nouvelles et je me marre parce que je sais que tout ça lui manque : Brik s'est marié avec la veuve d'Ismaïl. Fatima a été répudiée pour avoir trompé son mari avec une coopérante française. Le lycée Regnaut a été repeint. Le Théâtre Cervantes est toujours en ruine. Alan Ginsberg est passé voir son ami Paul Bowles ; il a fumé une pipe de kif au Café Hafa ; *Le Journal de Tanger* a changé de patron. Le cinéma Lux est fermé pour travaux ; le Mabrouk a été démoli, on construit un immeuble à sa place. Tanger n'a plus de gouverneur depuis six mois et personne ne s'en est rendu compte ; le roi a promis de visiter Tanger mais personne n'y croit ; les immeubles dits de la menthe sont de plus en plus nombreux, ils sont inhabités et leurs propriétaires sont inconnus ; la délégation américaine a été fermée ; des émeutes sont parties de Beni Makada ; la maison de Barbara Hutton a été vendue ; Yves Vidal a donné une grande fête dans son palais de la Casbah ; son ami Adolfo a offert un dîner pour fêter la construction de sa piscine sur la terrasse de sa maison à la Casbah ; Tennessee Williams a tellement bu qu'il s'est endormi sur le seuil d'une porte rue Siaghine ; j'ai aperçu Jean Genet au Café de Paris ; Francis Bacon a acheté tous les alcools qu'il a trouvés à L'Épicerie fine ; un règlement de comptes entre deux trafiquants a fait trois morts au port ; Momy est de plus en plus maigre, roule en Cadillac rose, une blonde trop maquillée sur la banquette arrière ; j'ai vu Hamri au café, il dit que ses peintures vaudront de l'argent après sa mort ; Ramon est toujours amoureux de sa Marocaine, il est devenu un vrai musulman, sa famille est exaspérée ; l'hôtel Minzah a été vendu à un Irakien, on dit qu'il est recherché par Interpol ; le Café de Paris a changé son mobilier ; le salon de thé Porte est toujours fermé ; une nouvelle radio s'est installée ; l'hôtel Rif fonctionne à moitié ; la Librairie des Colonnes est toujours à sa place, le Claridge aussi mais le café est moins bon qu'avant ; le vent d'est a été violent cet été ; Gibair ne dessert plus Gibraltar ; il ne reste plus que quatre Indiens dans toute la ville, deux tiennent une boutique au Socco Chico et deux autres vendent des montres boulevard Pasteur ; l'église de Siaghine a fermé ses portes ; la synagogue qui se trouve une rue plus loin est toujours ouverte mais a peu de visiteurs ; Tanger a de nouveaux quartiers, des immeubles construits n'importe comment, sans espace vert, sans aucune esthétique, si tu voyais ça, tu serais bien triste ; un nouveau quartier « clandestin et spontané » a pris le nom de Saddam ; le gouvernement vient d'interdire le prénom Saddam, le roi est passé sans s'arrêter, son train l'a déposé au port où il a pris le bateau pour se rendre en Libye, les gens l'ont attendu toute la journée sous le soleil, ils se sont sentis floués ; Elizabeth Taylor a fêté son anniversaire au palais Forbes, et moi ? Moi quoi ? Toujours dans l'enseignement, je suis monté en grade, ce qui se traduit par une augmentation de cinq cents dirhams et un changement d'établissement, j'enseigne dans une école normale à Tanger...

14

Je ne fêtais jamais mon anniversaire, mais Mamed m'envoyait chaque fois un petit mot, un cadeau, souvent un livre ou un disque. Nous étions nés la même année, mais il avait trois mois de plus que moi. Depuis qu'il s'était installé en Suède, il oubliait de se manifester. Je trouvais cela normal. Notre amitié avait changé de ton et de couleur; elle était devenue plus essentielle et moins quotidienne, disons qu'elle était un peu en veilleuse, attendant les retrouvailles pour constater qu'elle n'avait pas perdu de son intensité.

Un jour, Mamed m'appela, me demanda d'aller le plus vite possible voir sa mère malade. Va lui rendre visite et dis-moi si son état nécessite vraiment mon déplacement, je te dis ça parce que mon frère exagère et cherche à me rendre coupable, tu sais comment ça se passe dans les familles, donc, va la voir, discute avec son médecin et je te rappelle demain à la même heure, j'ai davantage confiance en toi qu'en mon frère, je pense que tu seras plus objectif. J'ai parlé avec mon père, il a pas mal dédramatisé, il a peur que je prenne l'avion, tu sais comment il est.

L'état de sa mère était alarmant. Son diabète n'était plus maîtrisé. Elle ne mangeait plus et malgré ça, le taux de sucre était très élevé. Elle avait des complications, ne reconnaissait plus personne, et surtout les médecins ne pouvaient rien pour elle. Je dis à Mamed de rentrer tout de suite. Il est arrivé deux jours plus tard. Sa mère se portait légèrement mieux. Il me regarda comme si je l'avais trahi ou j'avais exagéré pour le faire venir. Sa mère qui l'aimait plus que son frère l'attendait pour mourir. Elle le lui dit. Elle rendit l'âme dans les bras de son fils préféré. Il m'embrassa en pleurant, me demanda d'excuser ses doutes et soupçons. Ghita était restée à Stockholm parce qu'elle était enceinte de sept mois. Je m'étais occupé des funérailles comme si c'étaient celles de ma propre mère ; Mamed avait beaucoup de chagrin, pleurait en silence et se sentait coupable d'avoir été absent aussi longtemps, ce que son frère n'hésitait pas à lui rappeler. Il logea chez nous durant toute la semaine. Quelque chose avait changé en lui, je ne savais pas quoi. Il fumait toujours autant et buvait pas mal. Il avait trouvé des cigarettes de mauvaise qualité en Suède. Il avait maigri et parlait avec passion du système des pays nordiques. Une vraie démocratie, pas de corruption, pas de mensonge d'État, pas de mendiants dans la rue mais quelques alcooliques, un respect des droits de la personne qui fait rêver tout Marocain et tout Arabe, tu sais, l'immigré est traité avec beaucoup d'égards, ses droits sont respectés, on lui donne l'opportunité d'apprendre la langue, d'habiter dans des logements décents, d'être un citoyen comme les autres, mais ce qui me choque, c'est que les Suédois trouvent que leur démocratie n'a pas encore atteint le niveau idéal, que la corruption existe dans certains domaines de l'industrie, que la sécurité n'est pas assurée à cent pour cent, que les vieux ne sont pas bien accueillis dans les hôpitaux, ils citent l'exemple de ce couple de personnes âgées qui, parce qu'il n'a pas eu les soins qu'il demandait, a écrit une lettre avant de prendre une barque et d'aller se noyer au large de Göteborg, qu'est-ce qu'on dirait chez nous, si tous les malades mal reçus ou pas accueillis du tout se suicidaient ! Il n'y aurait plus grand monde au Maroc ! Et pourtant, mon pays me manque, ses odeurs, ses parfums du matin, ses bruits, les visages de ces gens anonymes que nous voyons souvent, la chaleur du ciel et la chaleur humaine, je suis partagé, je travaille dans des conditions idéales, je gagne très bien ma vie, plus de la moitié de mes revenus va aux impôts, mon enfant est élevé dans un pays où la justice existe, où il a le droit de contester, de parler librement, de croire ou ne pas croire en Dieu, il est libre, mais est-il heureux ? Peut-être que c'est moi qui lui communique mes doutes, mon malaise, Ghita est très heureuse, elle s'est fait des amies, des femmes qui militent dans une ONG, elle est bénévole dans une association d'aide aux exilés, et moi, je m'ennuie, je crève d'ennui, en fait, Tanger me manque et j'ai du mal à l'avouer, à dépasser cet aspect nostalgique et ridicule. Tu sais, ce qui me manque le plus, ce sont nos discussions au Café de Paris, ou bien au Café Hafa, j'ai fait la connaissance de Marocains pour la plupart exilés, ils ne parlent que du Maroc, ils croient que ça n'a pas bougé, ils sont malades de nostalgie, ils cuisinent des tagines et trouvent les épices au marché des Iraniens et des Turcs. Ils passent leur temps à regretter d'être dans ce pays qui leur a donné une chance pour vivre et refaire leur vie, ils ne sont jamais contents, jamais satisfaits, ils sont malheureux, et je suis sûr que s'ils rentraient, ils ne supporteraient pas ce pays plus de vingt-quatre heures ! Ils sont foutus, et je ne veux pas devenir comme eux, alors j'ai décidé de rentrer au pays au moins deux fois par an, il faut que j'arrive à un équilibre entre le pays de la démocratie idéale et le pays de la corruption généralisée, entre le pays de la justice et celui des compromissions, entre la solitude des individus et l'invasion familiale, bref, il faut que je fasse le grand écart, voilà, le grand écart consiste à ne pas perdre son âme tout en profitant des acquis de la démocratie, remarque, à force d'être simples et accessibles, les hommes politiques ont perdu un grand leader, Olof Palmer, le Premier ministre assassiné en sortant du cinéma, tu vois, ce n'est pas chez nous qu'un ministre va au cinéma en tant que simple citoyen, chez nous, un simple sous-secrétaire d'État à l'Artisanat se déplace avec des motards, des gardes du corps, on arrête la circulation, on lance à fond les sirènes, et puis on méprise le passant, le citoyen...

15

Avant de repartir, Mamed rendit visite à mes parents, ausculta mon père qui avait du mal à respirer, lui prescrivit des médicaments en se demandant s'ils existaient sur le marché marocain, sinon il se proposait de me les envoyer par la poste. Ma mère lui offrit une boîte de gâteaux qu'elle venait de faire. C'est bon pour l'hiver, emporte-les avec toi, j'espère que tu aimes la pâte d'amande, tiens prends aussi ces deux pains, je viens juste de les sortir du four, c'est bon le pain de la maison, je suis sûre que ta maman te donnait de la nourriture à emporter avec toi, j'ai toujours fait ça avec mes enfants, il faut qu'ils se nourrissent bien, reviens nous voir, si tu as besoin de quoi que ce soit, tu sais que tu es ici chez toi, viens mon fils que je t'embrasse et que je bénisse tes pas... Mamed avait les larmes aux yeux. Il l'embrassa et lui promit qu'il reviendrait.

Mon père reçut un paquet de médicaments, ma mère un joli châle en cachemire et moi un stylo. Mamed eut un deuxième enfant. Un garçon qu'il nomma Yanis. Il me dit au téléphone que ça s'approchait d'Anis, le compagnon, mais que c'est la traduction grecque de Jean. C'est un petit Suédois qui fera sa vie dans ce pays, moi, c'est différent, je suis trop vieux pour redémarrer dans la vie, je me contente d'assurer le quotidien, je fais bien mon travail, je ne cherche plus à faire le grand écart, je suis fatigué. Pour ce qui est de la circoncision de Yanis, je réfléchis encore. Il paraît que c'est conseillé du point de vue hygiénique. Ne me fais pas le coup des grandes familles fassies qui kidnappent le gamin et le font circoncire à l'insu de ses parents. C'est une pratique courante que je désapprouve ; je t'en parle parce que je sais que tu en es capable. Salut, Alito ! À propos, passe le bonjour au bon Ramon.

J'avais réussi à convaincre Soraya d'adopter un enfant. Nous avions suivi toutes les démarches, légales et illégales. Cela avait duré six mois, et un jour, mon ami Azulito, un Rifain que l'on appelait ainsi à cause du bleu de ses yeux, m'apporta le livret de famille, un extrait d'acte de naissance de Nabile, notre fils. Il fallait mentir, faire croire à tout le monde que Soraya avait eu une grossesse difficile, qu'elle était restée couchée pendant six mois... Personne n'entendit parler d'adoption. C'était le prix pour que Soraya retrouvât sa joie de vivre, sa sérénité et sa douceur. Je mis Mamed dans la confidence. Il fit livrer un superbe bouquet de fleurs à Soraya.

L'été d'après il apporta des cadeaux à Nabile, je sentis qu'il avait changé physiquement, il toussait fréquemment, il me disait que c'était la pollution et qu'il avait trouvé des pastilles très efficaces pour apaiser la toux, mais il les avait oubliées.

Nous avions repris, le temps d'un été, nos vieilles habitudes. Café de Paris le matin, Café Hafa l'après-midi. Nous parlions de tout, nous riions de tout. Un jour, alors qu'on admirait le coucher du soleil qui tombait sur les côtes espagnoles, il prit un ton grave et me dit : Je crois que j'ai fait une erreur ; je n'aurais jamais dû accepter de quitter le Maroc ; à présent je suis déboussolé, j'ai vu autre chose, j'ai vu comment on pouvait vivre autrement et mieux, mais aussi j'ai senti que ce n'était pas ma culture, pas mes traditions, mes enfants et surtout ma femme se sont mieux adaptés que moi, je suis triste là-bas, malheureux ici, insatisfait partout. C'est un ratage sur toute la ligne, je ne me sens pas bien, mes enfants ne parlent pas un mot d'arabe alors qu'à l'école on leur a appris cette langue, ils considèrent le Maroc comme un hôtel de passage, je n'ai pas envie de vieillir là-bas ! Je crois que je vais rentrer, ici on manque de pneumologues, et puis je ne suis pas très loin de l'âge légal de la retraite, en vérité, ce que je pense faire, c'est prendre une retraite anticipée et revenir au pays, je ne crois pas que ma femme et mes enfants me suivront, mais chacun son destin... il disait tout ça en le ponctuant de toux sèche et nerveuse. Je renonçai à lui parler de sa santé. Il était assez bien placé pour savoir ce qui se passait dans ses bronches.

16

Soraya respirait le bonheur et ne s'énervait plus pour des petits riens. Nabile grandissait dans une maison paisible. Tout en n'ayant rien à reprocher à mon épouse, je sentis le besoin d'engager une relation clandestine avec Lola, une Andalouse travaillant au consulat d'Espagne. Je n'avais pas le sentiment de tromper ma femme, et je n'avais aucune culpabilité à retrouver de temps en temps cette créature échappée d'une toile de Modigliani et qui vivait dans un monde étrange où elle disait d'emblée qu'elle n'appartenait à personne et qu'elle aimait l'amour plus que l'amitié. En fait, elle était sensuelle et multipliait les amants. Je l'avais rencontrée chez Tarik, un kinésithérapeute, peut-être le seul Marocain de la ville à ne pas dissimuler son homosexualité et à la vivre bien.

Consciente de son charme, c'était elle qui faisait le premier pas et séduisait l'homme qu'elle voulait. Au début, j'avais essayé de résister. Elle me plaisait bien, mais j'avais depuis longtemps rompu avec l'ère des aventures sans lendemain. Puis j'eus envie de réagir, de ne pas m'installer dans le pseudo-confort d'une vie tranquille. Cela ne me ressemblait pas. Je m'étais rendu compte que, par mimétisme et pour ne pas déplaire à Mamed, je m'étais rangé. J'avais décidé d'être fidèle à ma femme et refusai de céder à la tentation. Avec le temps, l'habitude avait mis de l'ordre dans mes fantasmes et mes désirs extra-conjugaux. Tout était programmé, le jour de l'amour, celui de la migraine, celui des sorties avec les copains, etc. Je ne supportais pas cette rigidité, j'avais besoin d'autre chose de non programmé, besoin de vivre dans le risque et le mouvement. Je n'en parlais pas avec Mamed quand je lui donnais des nouvelles de Tanger. Quand il s'agissait de moi, je disais tout va bien,

Soraya est adorable, rien à signaler. Une sorte de pudeur s'était installée entre nous. On ne plaisantait plus à propos de notre vie intime. La sexualité devait rester dans le jardin secret de chacun. Je fus tenté de lui raconter ma rencontre avec Lola, mais je savais que je risquais de le choquer. Je ne disais rien. Il était impossible de savoir lequel de nous deux avait plus d'ascendant sur l'autre. Nous nous complétions, nous avions besoin l'un de l'autre. Cela, nous nous le disions et nous en étions presque fiers. Comme moi, il préférait l'amitié élue à la fraternité imposée. Je n'avais rien à reprocher à mon grand frère, mais nous n'étions pas des amis.

Lola aimait faire l'amour partout sauf dans une chambre. Elle avait repéré des endroits en ville et sur la route de la Vieille Montagne pour s'envoyer en l'air. La première fois, elle utilisa sa voiture. Je détestais faire l'amour dans ce genre de caisse. Cela me rappelait le temps lointain de mes flirts avec Zina. Lola prévoyait tout : des préservatifs dans la boîte à gants, des lingettes imbibées d'eau de Cologne, des serviettes et même un gourdin sous le siège en cas d'attaque surprise. Une femme experte en tout. Je quittai la voiture tout courbaturé, les cheveux ébouriffés avec l'impression d'avoir joué aux autos-tamponneuses. La deuxième fois, elle m'emmena dans une cabane abandonnée près du parc Donabo. Elle sortit de la voiture une couverture et tout le reste. Elle était très excitée et s'activait beaucoup. Quand elle atteignait l'orgasme elle criait en arabe « *hamdoullah* » qu'elle traduisait ensuite en espagnol « *Gracias a Dios* ». Cela me faisait rire. J'avais à peine repris mon souffle qu'elle se mettait cette fois sur le ventre et me demandait de la prendre par-derrière. Le soir, j'avais les genoux endoloris. Une autre fois elle me donna rendez-vous dans le bureau du consul, qui était parti pour affaire de famille à Madrid. Elle était nue sous une djellaba transparente. Prends-moi là, sur le bureau du patron, sur les dossiers en cours, sur la pile de journaux qu'il n'a pas lus, il ne faut rien déranger, rien enlever, viens, je t'attends, ferme la porte mais ne tire pas les rideaux, une belle lumière baigne le ciel en ce moment. Elle me faisait voyager et me donnait énormément de plaisir. J'avais oublié combien j'aimais faire l'amour. Comme au temps de notre jeunesse, je pensais à Mamed qui devrait lui aussi connaître les mêmes sensations. Il nous était arrivé d'échanger des filles. C'était un jeu, on demandait ensuite à la fille son préféré. Elle riait et disait quelque chose comme j'ai eu l'impression de faire l'amour avec le même homme. Nous étions rassurés sur notre virilité. Cette notion de partage s'arrêta net avec le mariage ; fini le temps du jeu et de l'échange. On était entré dans une période marquée par le sérieux, c'est-à-dire l'ennui et la routine. Ce fut pour échapper à cela que j'acceptai cette relation spéciale avec Lola.

Je rentrais le soir épuisé. Je me couchais en pensant à l'énergie dont j'avais besoin pour satisfaire cette femme insatiable. Je m'inscrivis dans un gymnase, moins pour faire des exercices que pour trouver un alibi au cas où Soraya se douterait de quelque chose. Je pris goût à cette double vie et à cette clandestinité. Personne n'en savait rien. Je l'appelais à son bureau une fois tous les deux jours à cinq heures précises, je laissais sonner trois fois, je raccrochais puis je refaisais le numéro. Tu me baises ce soir ? Je voudrais un hammam, essaie de voir s'il y a moyen de négocier pour qu'on nous réserve le hammam rien que pour nous deux, à moins que tu ne veuilles que je dise à Carmen de se joindre à nous…

Elle savait m'exciter, me déranger, me pousser vers des rives dangereuses. L'idée du hammam m'obsédait. Je ne connaissais pas cette Carmen dont elle parlait. C'était une divorcée qui n'avait pas fait l'amour depuis un an. Elle était prête à tout pour rompre cette abstinence forcée. Elle était très différente de Lola. Elle avait de gros seins et un petit cul. Carmen vint au rendez-vous que j'avais avec Lola. Elle me prit par la main et m'emmena chez elle. Je redécouvris le confort d'un grand lit. Elle me demanda une faveur : laisse-moi te sentir, ça fait si longtemps que je n'ai pas humé un homme, ne te fous pas de moi, ça m'a manqué. Elle fourra son nez dans mes aisselles et respirait profondément, ensuite elle promenait son nez sur toutes les parties du corps, s'arrêtait entre les cuisses et restait là de longues minutes. Je la laissais faire. J'étais excité. Elle se lovait dans mes bras comme un animal blessé et me serrait fort contre elle. Je ne veux pas prendre la place de Lola, mais comme nous sommes très amies, elle m'a fait ce cadeau, c'est la première fois que ça se présente ainsi, j'ai été une femme fidèle, lorsque mon mari m'a quittée pour partir avec la jeune femme qui faisait le ménage chez nous, j'ai fait une dépression et je ne voulais plus m'approcher d'un homme ; je me touchais tous les soirs, mais rien ne remplace la peau d'un homme, son odeur, sa sueur, son haleine, ses gestes même maladroits ; tu viens de contribuer à rendre une amitié plus solide ; je ne sais pas si deux hommes auraient fait ça par amitié, ça m'étonnerait, les hommes sont plus égoïstes, pas très courageux et puis ils ne partagent rien, enfin, merci et adieu, car je n'ai pas l'intention de te revoir, c'était le marché conclu avec mon amie, je vais me trouver un homme et vivre normalement...

17

Ces amours clandestines me redonnèrent une vigueur et un appétit que j'avais un peu perdus. Je me demandais si Mamed aurait apprécié ce qu'avait fait Lola. Peut-être à l'époque de notre jeunesse, durant ces années où nous avions besoin de fantaisie, où nous étions pleins d'illusions, où notre imagination s'accordait des échappées folles.

Notre amitié était devenue trop sérieuse. Lui qui adorait faire des jeux de mots, qui inventait des canulars, qui avait le sens de l'humour, lui qui nous faisait rire, avait changé. Il revenait souvent à Tanger depuis la mort de sa mère. Il préférait venir seul, habitait chez nous et buvait au-delà de la normale. Il était devenu très susceptible, se mettait facilement en colère et continuait de fumer ses cigarettes infectes.

Un soir alors que Soraya dormait, il se mit à pleurer. Il s'en voulait d'avoir quitté le Maroc, d'avoir été absent durant la maladie de sa mère. Il confondait tout, délirait tout en buvant whisky sur whisky. Peut-être faisait-il une dépression et ne le savions-nous pas. Le lendemain matin, il n'avait aucun souvenir de cet épisode. Il me dit que j'inventais tout ça pour le culpabiliser et lui gâcher son humeur. Je n'insistai pas.

Ce fut durant ce séjour qu'il apprit qu'un appartement au quatrième étage de notre immeuble était en vente. Il fut tout heureux de le visiter et décida de l'acquérir. Il téléphona à sa femme qui était moyennement séduite par l'idée d'avoir un bien à Tanger mais finit par donner son accord. Mes beaux-parents le lui vendirent en dessous de son prix. Ils savaient qu'il était mon meilleur ami. Il repartit en Suède en me chargeant de faire les travaux nécessaires et même de le meubler. Soraya et moi étions mobilisés pour préparer ce lieu ; je lui envoyais des photos des pièces finies ainsi que des échantillons de tissu pour les canapés et les rideaux.

L'appartement serait prêt pour l'été. J'avais avancé l'argent des travaux et m'étais même endetté auprès de ma banque. Il n'en sut rien. À son arrivée, j'attendis quelques jours pour lui présenter les factures. Il toussait de plus en plus et avait un teint étrange. Sa femme me dit qu'il refusait d'arrêter de fumer et de boire malgré les conseils très vifs d'un professeur de médecine qui travaillait dans le même hôpital que lui. Quand je lui présentai le dossier des factures, il le repoussa légèrement de la main, une façon de me signifier que ce n'était pas le moment.

Nous passâmes l'été ensemble. Les deux familles réunies, faisant cuisine commune. Un soir, alors que la table était mise, j'arrivai en retard. Il me jeta un regard de reproche ; même ma femme ne me regardait pas avec une telle sévérité et un tel soupçon. Après le dîner, il me proposa d'aller faire quelques pas avenue d'Espagne. Il était ténébreux. Quelque chose avait changé dans sa façon de parler et de penser. J'ai étudié les factures, je les ai même montrées à Ramon. Ce n'est pas bien ce que t'as fait, c'est indigne de notre lien, notre pacte, mais il y a longtemps que j'ai senti le coup venir, je ne savais pas que tu étais capable d'abuser la confiance de ton ami, ne m'interromps pas, laisse-moi te dire ce que j'ai sur le cœur...

Il marqua un temps d'arrêt comme s'il allait renoncer à me parler, puis bafouillant, tu, tu as, tu as profité de mon absence pour arrondir tes fins de mois, tu as, tu as fait comme si j'étais un idiot, tu t'es dit, oui il est en Suède, il est loin, il n'est plus marocain, il va rien voir, il va tout gober, mais je suis plus marocain que toi, je me méfie de tout et de tout le monde, c'est la Suède qui m'a appris ça, là-bas, un sou est un sou, y a pas de honte à parler d'argent, pas d'hypocrisie, c'est pas comme dans notre charmant pays, non, c'est moi qui invite, laisse, ça me fait plaisir, enfin, on va pas faire comme les Allemands et partager la note du restaurant, non, nous, nous sommes généreux, nous sommes hospitaliers, on s'endette pour ne pas paraître modeste, on vend le bétail pour ne pas avouer qu'on n'a pas de quoi faire la fête, eh bien moi, je ne suis pas celui que tu crois, j'ai compris, ton amitié, c'est du bidon, c'est que de l'intérêt, oui, mon cher, tu as toujours été intéressé, rien à faire, j'avais beau te faire comprendre que l'amitié, c'est pas des magouilles, c'est pas des calculs, mais toi, avec ta petite bonne femme, et tes beaux-parents qui ont eu le culot de me vendre l'appartement 30 % plus cher en me faisant croire qu'ils faisaient une fleur à notre soi-disant amitié, et toi, complice, tu t'es bien gardé de me signaler qu'il y a eu une ristourne…

De nouveau il s'arrêta, puis repartit en martelant les mots. Ne, ne m'interromps pas, pas un mot, je sais ce que tu vas dire, tu vas jurer sur Dieu et ses prophètes que tu es honnête, que tu as même perdu de l'argent, que je devrais te remercier pour t'être occupé de mon appartement, et moi je te laissais faire pensant que c'était l'ami qui faisait les travaux, pas le traître, le voleur, ah, non, tu ne vas pas m'empêcher de vider mon sac, tu parleras après, tu dois m'écouter jusqu'au bout, oui, rien ne va plus, ta femme a commencé par nous enquiquiner avec ses crises de jalousie, toi, tu te plaignais tout le temps, tu appelais à l'hôpital au moment où tu savais que c'était l'heure de mes consultations, tu laissais un message, qu'il rappelle son ami de Tanger, et moi, l'imbécile, je rappelais, oui l'imbécile...

Il était essoufflé, avait les yeux rouges. Ce n'est que plus tard que j'ai compris que tu étais radin, pas un centime ne sort librement, alors ça m'a plongé dans l'enfance, plus exactement l'époque de notre adolescence quand on s'était rencontrés, je te protégeais, je t'aimais bien parce que tu avais l'aspect d'un mec fragile, t'avais jamais d'argent sur toi, en sortant du lycée, tu traînais pour venir prendre le goûter chez mes parents, tu disais préférer le pain de la boulangerie espagnole à celui de ta mère, en fait, tu économisais, puis ça a continué, je savais que t'avais un problème avec l'argent, mais je me disais que tu allais un jour t'améliorer, être un mec bien, généreux, désintéressé, mais tu as persévéré dans ce que tu as toujours été, un avare et un profiteur, et en politique, tu n'étais qu'un resquilleur, le mec qui prétendait que sa mère était souffrante pour ne pas assister aux réunions, oui, tu n'étais pas très courageux, tu t'arrangeais toujours, c'est ça, tu t'arrangeais pour paraître ce que tu n'es pas, tu filais en douce, et on ne disait rien, on savait qu'on ne pouvait pas compter sur toi ! Les factures !

Il observa un bref temps d'arrêt. Parlons-en, elles sont toutes fausses, tu vas me faire croire que la moquette vient de Ceuta et le tissu des canapés de Gibraltar, t'es allé là-bas ? Non, tu as envoyé Ramon, le bon samaritain tout nouvellement converti, il t'a rendu service, il nous a rendu service, je devrais le remercier, non, Ramon n'a pas été à Ceuta encore moins à Gibraltar ; j'ai vérifié tous les prix, ils sont tous majorés de 20 à 30 %, oui, mon ami, mon cher ami d'enfance, celui avec qui je jouais à la toupie, celui à qui je racontais mes histoires de drague, eh bien, il a voulu se faire quelques milliers de dirhams sur mon dos, comme ça, en quelques jours, profitons de l'absence du docteur, il a mieux à faire qu'à aller vérifier les prix, détrompe-toi, j'ai pris la peine d'écouter ma femme et nous avons fait notre enquête, c'est honteux, c'est misérable, si j'ai bien compris, tu as essayé de te faire rembourser le cadeau que tu m'as fait pour mes quarante ans, un ordinateur, tu m'avais dit, mets-toi à l'informatique, c'est magique, je fus étonné, un cadeau si cher, en fait tout avait été calculé, l'ordinateur, c'était pour me jeter de la poudre aux yeux, j'étais devenu aveugle, je croyais tout ce que tu me disais, je refusais de croire mes intuitions ainsi que celles de ma femme, je te suivais, dire qu'on a fait de la prison pour nos idées, pour des idéaux, des valeurs qu'on partageait, tu n'aurais jamais dû être emprisonné, tu ne mérites pas d'aller en prison pour tes idées, parce que tes idées, c'est de la magouille, aucune conviction, que du bluff, du bavardage, rien de sérieux, en fait tu n'es qu'un faux jeton, tu sais le jeton qui ne marche nulle part, écoute, n'essaie pas de placer un mot pour ta défense, dire que je ne t'ai toujours voulu que du bien, rien que du bien, je te faisais passer avant moi-même, avant ma femme et mes enfants, tu étais l'ami, l'intouchable, celui que je préférais à mon frère, j'étais fier de toi, surtout quand tu avais résisté à la vie facile, bars-copains-putes-rebars, tu t'étais installé, tu t'étais rangé et tu ne trompais pas ta femme, du moins ce que je croyais, voilà que j'apprends dans la foulée, que non seulement tu as abusé ma confiance mais que tu mènes une double ou triple vie, oui, tu m'avais vaguement parlé de l'Espagnole, mais les autres, je suis au courant, la rumeur, mon cher, la rumeur, ne m'interromps pas ! ici, à Tanger, tout se sait, rien n'est vraiment clandestin, tu as beau te cacher, prendre des précautions, on finit toujours par savoir ce qui se passe, à la limite ça ne me regarde pas, ça regarde ta femme, mais c'est une indication, ça m'a renseigné sur tout le reste, et le reste est immense, il sent mauvais, il n'est pas bon, le reste, les petites combines pour dépenser le moins d'argent possible, pour avoir deux visages, il y aura toujours chez toi une deuxième possibilité pour t'en tirer, voilà, gagner sur tous les tableaux, mais ce n'est pas possible mon ami, ce n'est pas possible du tout, tu fais attention à ta petite santé, tu ne fumes plus, tu ne bois presque pas, même la baise tu dois la programmer en fonction de la disponibilité de ton corps, tout est calcul, tu ne tombes pas malade pour ne pas avoir à débourser le prix d'une consultation, et ça marche, tu es en bonne santé, ce n'est pas mon cas, je tousse en me levant, en parlant, en me couchant et même en dormant, je bois mon verre de whisky tous les soirs, je me démolis tranquillement, méthodiquement et je suis plus heureux que toi, non laisse-moi, ne viens pas à mon secours, je tousse, et alors, c'est normal de tousser en cette nuit de vérité, j'ai tout déballé, ramasse ce qui dégouline, ne laisse rien se perdre, j'ai craché mes poumons pour que tu saches combien tu me dégoûtes, combien je regrette ces trente années d'illusions, à présent va-t'en, ne m'aide pas à faire ma valise, nous partons dormir ailleurs, nous vous quittons définitivement, et je ne veux plus entendre ta voix, je ne veux plus rien savoir de toi et de ta famille, c'est une répudiation irrévocable...

18

Lorsque je subis un choc émotionnel très fort, c'est mon corps qui réagit : dans un premier temps, je perds la salive, je sens quelque chose d'amer traverser mon œsophage, ensuite je me mets à transpirer de manière intensive, j'ai besoin de m'asseoir et de boire beaucoup d'eau. Mamed partit en titubant tellement il toussait. J'entrai chez La Valençuela, le glacier de notre jeunesse, et commandai une bouteille d'eau. Le patron qui me connaissait vint près de moi et me dit j'appelle le docteur ? Non, appelle chez moi, c'est le 36125, et passe-moi ma femme. J'ai dû boire un litre d'eau. Je transpirais encore, mais ma salive revint. Elle n'était pas bonne. Je ressentais une boule au fond de l'estomac, j'eus peur qu'elle ne monte et ne bloque ma respiration. J'étais blême, ma vision était floue, je tremblais de froid et de chaud. Soraya se jeta sur moi en larmes, qu'est-ce qu'on t'a fait ? qui t'a renversé ? tu n'as rien, pas de sang, t'es pas blessé, mais tu es tout pâle, où as-tu reçu le choc ?, parle, dis-moi ce qui s'est passé, appelez une ambulance... Je l'arrêtai. Pas la peine, c'est juste un choc émotionnel, c'est pas grave, juste une maison en ruine qui m'est tombée dessus, je suis plein de poussière, j'ai reçu le toit sur la tête, des centaines de tuiles, il y a eu aussi quelques poutres, je n'ai pas eu mal sur le moment, je ne savais pas ce qui m'arrivait, ça dégringolait de tous les côtés, ça tombait, je recevais des pierres, ensuite des pans entiers d'un mur, des morceaux de portes, j'étais sous les décombres, voilà, après, j'ai reçu comme une avalanche de neige, oui, l'impression d'avoir glissé du haut d'une montagne enneigée, je faisais une chute dans le vide entouré de paquets de glace dure, je n'arrivais pas à toucher terre, j'étais poussé par une force invisible, j'entendais des mots, je n'arrivais pas à appeler au secours, j'eus un moment la nette impression qu'une main forte m'empêchait d'ouvrir la bouche, alors j'ai continué ma chute dans le vide pendant que je transpirais et perdais ma salive.

À notre retour à la maison, il n'y avait plus trace de Mamed et de sa famille. Ils avaient ramassé toutes leurs affaires et avaient disparu. Je remarquai des traces de crachats de sang dans le lavabo. La maison sentait les médicaments. Ma femme me serra dans ses bras et pleura. Je ne voulais pas parler, commenter ce qui s'était passé. Je ne pouvais pas parler. J'avais perdu la voix. Je n'avais qu'une envie, coucher sur le papier tout ce que Mamed m'avait dit durant ces dernières heures, tout noter, en vrac, dans le désordre, sans aucune logique. Je passai la nuit à écrire. Soraya comprit qu'il ne fallait pas me déranger. À l'aube, je fermai le cahier et m'endormis jusqu'à la fin de l'après-midi. J'avais dû perdre au moins un kilo. La transpiration avait continué pendant mon sommeil.

Je pris une douche, déposai le cahier dans le coffre et regardai *Le Faux Coupable,* le film d'Alfred Hitchcock qui raconte l'histoire d'une méprise, l'histoire d'un faux coupable joué par Henry Fonda. La vérité tenait à un fil égaré entre la lumière et les ténèbres. La vie quotidienne y paraît simple alors qu'elle est très complexe ; il suffit qu'une apparence se confonde avec un sentiment pour qu'on se retrouve au centre d'une conjuration de forces occultes et invisibles où tout peut basculer vers l'horreur.

Connaissant le film par cœur, je me laissais emporter par cette fable où tout être, banal et anonyme, pourrait se trouver victime d'une erreur judiciaire, une terrible injustice.

C'était mon cas.

Le lendemain, je récupérai en partie ma voix ; j'allai au café prendre mon petit déjeuner comme d'habitude ; je retrouvai là Ramon que mon état inquiéta. Il me posa tellement de questions que je finis par me confier à lui. C'était un homme de qualité, sensible et chaleureux. Il m'écouta sans dire un mot. Je vis la stupeur sur son visage. Il n'arrivait pas à comprendre ce qui s'était passé. Moi non plus.

19

Quelques jours plus tard, je ressentis le besoin d'écrire à Mamed. Je fis plusieurs brouillons. Je voulais éviter le pathétique, la mesquinerie, les sentiments de dépit, il ne fallait surtout pas lui répondre point par point. Il savait que ce qu'il disait était faux, mais pourquoi avait-il éprouvé le besoin de faire une telle sortie ? Que se cachait-il derrière ce drame ? Que voulait me dire mon ami ?

Cher Mamed,

Dis-moi comment va ta santé ; je tiens à savoir ce qui se passe avec ta santé ; ta toux n'augure rien de bon, ce n'est pas à toi, le spécialiste des poumons, que j'apprendrai qu'elle est mauvaise.

Vous êtes partis, toi et ta famille comme des clandestins. Je ne t'en veux pas, je voudrais juste savoir ce qui s'est passé, pourquoi avoir choisi ce soir-là pour chercher à me détruire. Je refuse de me défendre et de te prouver ce que tu sais mieux que quiconque. J'ai été davantage blessé par ton état que par ce que tu m'as dit. Nous nous connaissons assez bien pour ne pas nous raconter des histoires, ni nous faire des procès en public. Notre amitié a des bases solides. Les reproches sont indignes de notre histoire.

Je te laisse te reposer, et quand tu te sentiras mieux, appelle-moi ou si tu veux dis-moi quand je pourrai t'appeler ; il faut qu'on se parle calmement et que les choses soient transparentes et sans ambiguïtés.

Je te serre dans mes bras comme d'habitude.

Ton ami fidèle.

La réponse ne tarda pas plus d'une semaine. Une lettre brève et sèche dans une enveloppe en papier recyclé :

Si tu te considères mon ami, sache que je ne suis pas ton ami.

Je ne veux plus avoir à faire quoi que ce soit avec toi et ta famille.

J'ai fait les comptes ; tu me dois la somme de 34 825,53 dirhams. C'est la différence entre ce que tu as réellement dépensé et ce que tu m'as fait payer. Cet argent, tu le déposeras demain au bureau de l'association caritative Ouladna qui s'occupe des enfants abandonnés.

Ne m'appelle plus. Ne m'écris plus. L'appartement est mis en vente. Tu y trouveras l'ordinateur et l'imprimante que tu m'avais offerts pour acheter mon amitié. Ils sont encore en bon état, je les ai très peu utilisés.

Adieu.

II

MAMED

1

Je me souviendrai toujours de la première fois où j'ai rencontré Ali. Il portait une chemise blanche qui lui serrait les côtes, un pantalon en Tergal bleu, ne parlait à personne et lisait un livre de poche pendant la récréation.

– Il faut jouer, t'amuser, tu liras le soir chez toi !

– Je n'aime pas jouer, je ne m'amuse jamais et j'aime lire tout le temps.

Je ne savais pas comment les choses allaient se passer, mais j'avais l'intuition que ce garçon à la peau blanche et aux cheveux bien peignés deviendrait mon ami. Je lui dis de me suivre à la pissotière pour fumer. Il refusa en me faisant la leçon : Mon oncle maternel vient de mourir d'un cancer des poumons parce qu'il fumait un paquet par jour, des cigarettes américaines qui sentent bon mais qui doivent être fatales. Je ris. Il sourit. Je lui tapai dans le dos. Il me prit par l'épaule et tira quelques bouffées de ma

Favorite. Il toussa et jura de ne plus jamais recommencer.

Le vendredi d'après, il m'invita à manger le couscous chez ses parents. Ils habitaient une petite maison située en haut d'une falaise donnant sur la mer. Je lui conseillai d'inviter aussi Sam, un gars avec qui il valait mieux être en bons termes car il nous faisait entrer dans la boîte *Whisky à gogo* alors que nous n'avions ni l'âge ni l'argent pour y accéder.

Sam était un cancre, intelligent mais paresseux. Il avait une mémoire phénoménale. Il lisait une fois une page du Bottin et la récitait sans se tromper, mais quand le professeur lui demandait de réciter « Les phares » de Baudelaire, il s'embrouillait, mélangeait les vers et abandonnait en disant que c'était trop beau pour sa sensibilité. Il était issu d'un milieu très pauvre, travaillait le soir dans la boîte, ce qui ne lui laissait pas beaucoup de temps pour faire ses devoirs. Il proposa un arrangement avec Ali : tu m'aides à faire les dissertations – je déteste écrire –, je te fais entrer dans la boîte quand tu veux, et en plus je te présenterai de jolies filles qui ne sont plus vierges.

La virginité des filles était notre obsession. Celles qui couchaient étaient très rares, on les connaissait parce qu'elles avaient un fiancé et qu'elles étaient en terminale. Elles venaient au lycée maquillées et parfumées. On les observait de loin, disant d'elles, le train est passé. C'était un signe, en même temps on savait qu'elles étaient inaccessibles parce que françaises et plus âgées que nous. Il y avait une certaine Germaine qu'on surnommait le train est repassé, ce qui voulait dire qu'elle avait été abandonnée par son fiancé et qu'elle s'était donnée à d'autres garçons par dépit ou par vice. Elle avait les yeux rouges à force de pleurer, mais j'étais sûr que c'était parce qu'elle faisait l'amour tout le temps.

Ali faisait semblant de ne pas s'intéresser aux filles. Je savais qu'il était timide et qu'il pratiquait ce qu'on appelait en arabe l'habitude clandestine. Un jour, alors que nous étions seuls chez moi, je proposai de faire un concours de masturbation. Il s'agissait d'imaginer une des belles filles du lycée, de prononcer son nom, et de se mettre en action. Sam cria Joséphine, celle qui avait été élue Miss lycée. Je convoquai quant à moi Warda, une brune aux yeux de braise. Ali resta silencieux et concentré. Et toi ? Qui est ta cible ? Dans quels bras tu es ? D'une voix douce il dit Ava Gardner. Nous fûmes stupéfaits. Ali visait très haut, après tout, c'était virtuel, il n'y avait pas plus de filles que d'histoire d'amour. Nous nous tournions le dos, la main droite serrant notre pénis. Il fallait éjaculer en même temps. Sam hurlait en insultant sa proie. Moi, je gémissais et Ali criait : « Oui Ava, oui Ava ! »

Ce jeu avait quelque chose de déprimant. Nous nous séparions la mine terne. Nous avions besoin d'avoir des relations avec des filles. Sam nous proposa les services des prostituées qui fréquentaient sa boîte. Combien ? Ali était aussi fauché que moi. Rien. C'est gratos, nous dit Sam. C'est un service qu'elles me rendraient facilement, mais il faut que ce soit en plein jour, au moment où le club est fermé. Nous choisîmes le jour et l'heure. En arrivant, nous vîmes trois femmes, ni jeunes ni vieilles, ni laides ni belles, des femmes non maquillées, probablement nues sous leur djellaba grise, elles nous attendaient comme elles auraient attendu le bus ou le contrôleur sanitaire. On voyait bien qu'elles n'avaient aucune envie de coucher avec des gamins de quinze ans mais qu'elles étaient prêtes à agiter leurs fesses pour rendre service à Sam. Ali fit un pas en arrière. Je vous attends dehors. Sam avait sorti sa verge pour se faire sucer. Moi, je fermai les yeux, me jetai sur les deux autres en farfouillant sous leur djellaba. Je n'eus pas le temps d'aller plus loin. Mon éjaculation fut précoce et brève. Je ne me sentais pas bien. Sam avait confié son pénis à une bouche pâteuse. Je le laissai et rejoignis Ali qui lisait un livre d'Anatole France.

2

Alain était le plus grand de la classe. Il avait des épaules larges, une mèche de cheveux blonds dont il jouait pour séduire les filles, les yeux bleus et la démarche étudiée. Il voulait devenir acteur de cinéma, mais la guerre d'Algérie allait mettre fin à ses rêves de jeune homme de bonne famille, catholique, aimant bien les Arabes mais de loin.

Ce fut avec lui que j'eus ma première vraie bagarre. Il discutait de la colonisation avec Ali et martelait des stupidités. La France est une grande puissance qui a apporté la civilisation en Algérie, un pays de fellagas et d'analphabètes. L'Algérie c'est La France. Jamais la France ne laissera ce pays entre les mains de ces paysans qui ne savent qu'égorger. Mon frère aîné est fier de combattre là-bas pour la liberté. Dès qu'il reviendra j'irai faire mon devoir. Et puis qu'est-ce que tu fous dans un lycée français ? Pourquoi n'être pas resté dans ton école coranique ? Quel bougnoule…

Je ne connaissais pas ce mot, mais je savais que c'était une insulte. Ali, tout timide et menu, se précipita sur Alain et le cogna de manière désordonnée. Alain l'étala par terre avec une seule gifle. Il saignait du nez. Je fis signe au Français raciste et l'invitai à la bagarre. Les élèves formèrent un cercle pendant qu'Ali était conduit à l'infirmerie. Alain était beaucoup plus fort que moi. J'avais du sang partout. Sam nous sépara parce qu'il voyait que l'autre allait me massacrer.

Nous fûmes tous les trois renvoyés du lycée durant trois jours. Le proviseur en profita pour réunir tous les élèves et leur parla de ce qui se passait en Algérie.

Il était objectif, exposait le problème en termes bien choisis. Certains décelèrent chez lui un net sentiment anti-Algérie française. Deux mois plus tard, il fut rappelé en France. On ne le revit plus. Quant à Alain, il devança l'appel et partit faire son service militaire dans les Aurès. Nous étions en terminale. Avant de s'en aller, il se réconcilia avec Ali et avec moi. On se fit la bise. Au moment où nous attendions les résultats du bac, on apprit par le fils du consul de France la mort d'Alain. Nous étions tristes. Ali et moi avions envie de faire quelque chose, aller voir sa famille, apporter un bouquet de fleurs à sa fiancée, mais nous ne fîmes rien. Quelqu'un cita la phrase de Paul Nizan, nous avions vingt ans et je ne laisserai personne dire que c'est le plus bel âge de la vie... On entendit Sam dire dans un éclat de rire moi je ne fais pas de politique... Ce fut à ce moment-là que je décidai de faire de la politique.

3

J'avais un oncle, Hamza, très « vieille France », il parlait un français impeccable, citait des textes anciens, s'habillait avec élégance. Il avait en même temps une bonne maîtrise de l'arabe classique. Il se disait nationaliste et tolérant. Je ne savais pas qu'il était communiste. Il m'expliquait qu'il y avait de bonnes choses dans la doctrine de Marx, que tout n'était pas valable pour nous autres, mais que nous pouvions faire nôtres quelques valeurs essentielles pour sortir notre pays du sous-développement, pour lutter contre les inégalités les plus scandaleuses, pour mettre fin au système de la corruption et du passe-droit. Il était convaincant, m'ouvrait ainsi des voies nouvelles. J'en parlais avec Ali qui se montrait plus réservé. Je passai la première année d'université dans des réunions et des manifestations. Mon père était très inquiet, il décida de m'envoyer faire ma médecine en France. Il eut une discussion assez vive avec mon oncle qu'il accusait de détourner son fils de ses études, d'être athée et se nourrissant des idées importées de Moscou. Hamza répondit en dédramatisant, mais mon père ne décolérait pas. À bout d'arguments, il traita mon oncle de « zoufri » parce qu'il était célibataire. Hamza en profita pour expliquer à mon père l'origine de ce mot : zoufri vient d'ouvrier, la mentalité petite-bourgeoise confondait cet état avec celui de la débauche et du vice.

Ali attendait d'obtenir une bourse pour le Canada. Il dirigeait le ciné-club de Rabat. Il nous arrivait de nous partager les tâches, lui, l'écriture des tracts, moi, la distribution et le collage. J'aimais suivre ses séances du ciné-club. Il parlait avec éloquence et intelligence du cinéma, de son rôle politique, de son importance dans l'histoire du XXe siècle. Je l'admirais et découvrais un autre homme, pas timide du tout, audacieux, à l'aise face au public. Il avait une passion pour le cinéma de l'Indien Satyajit Ray, qu'il considérait comme un artiste universel donc nous concernant. Il trouvait que ses films exprimaient aussi nos inquiétudes, notre besoin de justice, allant jusqu'à dire un jour que Satyajit Ray était un cinéaste marocain qui aurait du talent ! Présentant *Pather Panchali,* Ali cita une phrase lue dans une revue de cinéma à propos de ce chef-d'œuvre : « Ils peuvent pressurer les pauvres, ils ne peuvent leur enlever leur talent. » Ali parvenait à nous faire croire que l'exotisme de cet univers était en fait un miroir déformé par l'éloignement géographique mais un miroir nous invitant à y voir notre propre exotisme, c'est-à-dire nos problèmes. Tout en étant très informé sur tout ce qui touche le cinéma, il ne perdait jamais de vue la réalité sociale et politique de son pays. Il faisait le lien entre l'art et la vie, entre le réel et l'imaginaire.

Dans nos réunions politiques, il était méticuleux, précis, excluant le bavardage et les clichés. Il avait cependant un défaut, l'impatience. Il ne supportait pas les gens en retard ou qui ne réfléchissaient pas vite. J'étais fier d'être son ami, mais son aspect fils de famille bien élevé m'énervait. Le fait qu'il venait de Fès accentuait chez lui ce sentiment de solitude qui était en fait une sorte d'arrogance dissimulée. Je ne connaissais pas cette ville et n'avais aucune envie d'y aller. Les Fassis se considéraient comme les seuls héritiers de l'Âge d'or andalou.

Nous savions qu'un flic s'était infiltré parmi nous. C'était un étudiant, quelqu'un que nous connaissions, qui mangeait avec nous au restaurant universitaire, qui participait aux débats politiques. Un type intelligent et cruel. On se méfiait de lui, mais il était plus fort que nous. Il était petit de taille, très maigre, laid et portait des lunettes de vue à double foyer. Il n'avait aucun succès avec les filles mais roulait dans des voitures de luxe, les invitait souvent à des soirées privées. Il se faisait passer pour le fils d'un industriel et disait qu'il détestait son père parce qu'il exploitait ses ouvriers, les sous-payait et leur interdisait de s'organiser en syndicat. Ce fut lui qui fit à la police un rapport détaillé de notre activité politique. Nous étions en 1966, un an après les émeutes de mars 65 ; des milliers de lycéens et étudiants avaient manifesté leur opposition à un décret inique concernant les études. Des chômeurs, des mécontents s'étaient joints à eux. Le général Oufkir avait maté cette rébellion avec une mitrailleuse placée dans un hélicoptère. Des centaines de morts. Des milliers d'arrestations.

Le lendemain de mon retour de France, un matin de juillet 66, deux hommes en civil m'arrêtèrent chez mes parents. Ma mère pleurait. Mon père se retenait, essayant de négocier. Rien à faire, ce sont les ordres, ils viennent de très haut, on doit l'arrêter juste pour l'interroger et le remettre ensuite à l'armée pour qu'il effectue son service militaire. Mais ça n'existe pas au

Maroc, quel service militaire ? protesta mon père. Eh bien votre fils va l'inaugurer, c'est un honneur pour vous !

Nous avions tous en mémoire des noms et visages de gens qu'on était venu chercher et qui ont disparu à jamais. Ma mère me lança un pain par la fenêtre.

Je passais quinze jours entre les mains de la police. Je reçus quelques mauvais coups. Je pensais surtout à mes parents, à Ali et Hamza. Je savais que le pouvoir avait opté pour la répression. Le général Oufkir dirigeait les opérations. Nous n'avions commis aucun délit, juste celui d'avoir eu quelques idées pour sortir le pays de la pauvreté et de l'étouffement.

4

Rien n'indiquait que la caserne où une jeep de la gendarmerie me déposa était un camp disciplinaire. J'arrivai en fin de journée et j'attendis dans une chambrée vide. Vers deux heures du matin apparut un colosse, un géant à la tête rasée. Suis l'adjoudane Tadla, célui qui commande éci, j'ai pas de soupirior, suis le cheff, mime le Kmmandare suis son cheff.

Il me laissa avec un caporal qui me donna l'ordre de retirer mes habits civils, me jeta un sac. Ti trove tout pour divener milétaire. Un autre soldat arriva avec une mallette. C'était le coiffeur du camp. Il me tondit comme un mouton puis me rasa le crâne sans dire un mot. À trois heures du matin, j'étais un autre.

Tôt le lendemain, le fameux Tadla réunit les punis et nous fit un discours inoubliable : vous ztes quatrivaquataurze anfants gatis, vous zète punis, vos avé volou fire les malins, alors suis chargi vos idouké, ici pas de papamaman, ici vos pové crier berssone vous zécote, ici jo vi vos drisser, vo changer, vo serez plus des femmelettes, des moviètes, des zenfants de riches, ici, l'adjoudane Tadla est là, pas di libirti dimograci et totes les bitizes, ici un sol slougan *Allah Al Ouattan Al Malik*, ripité apris moi : *Allah Al Ouattan Al Malik*, vos savi ce que ça vo dire ? nous somes à Dieu à notre roi et à notre piyé.

Je cherchai des yeux Ali sans le trouver. J'étais sûr qu'il faisait partie des quatre-vingt-quatorze punis par Oufkir. Je sus après le rassemblement qu'il était à l'infirmerie où on lui changeait les pansements de la tête. Il avait été rasé par un coiffeur qui avait utilisé une lame de rasoir rouillée et lui avait fait plusieurs blessures sur son crâne.

Quand je le vis, j'eus de la peine à le reconnaître. Il avait maigri, était devenu méconnaissable avec ses bandes sur la tête. Il me serra dans ses bras. Nous étions dans la même chambrée mais pas dans la même rangée.

Il y avait parmi nous des étudiants en lettres ou en sciences, des enseignants, un avocat en début de carrière et même un ingénieur qui avait refusé de baiser la main du roi lors d'une réception de fin d'année universitaire. Punis, c'était le terme gentil, édulcoré. Mis en quarantaine, livrés à des sous-officiers dont certains avaient servi dans l'armée française en Indochine, ne sachant ni lire ni écrire mais parlant une langue où l'arabe et le français étaient allégrement massacrés. Ceux de l'Indochine se faisaient appeler les « Chinois ». Les autres ne nous parlaient pas mais nous tabassaient.

Je reçus une fois un coup de matraque sur la tête en essayant de protéger Ali dont l'état de santé était inquiétant. Un jeune médecin, coopérant français, obligea Tadla à envoyer Ali se faire soigner dans l'hôpital militaire à Rabat. Tadla avait du respect pour les quelques Français que l'armée marocaine avait engagés pour des tâches techniques.

Ali partit sous escorte. Traitement de grand criminel ! Pas un mot sur le camp, sinon... Tadla n'eut pas besoin de terminer sa phrase. Nous savions de quoi il était capable. Il avait des espions partout, était souvent convoqué à Rabat pour rendre compte à son maître de tout ce qui se passait ; nous imaginions qu'il était en relation directe avec le général Oufkir. Ils s'étaient connus en Indochine. On disait qu'Oufkir l'avait remarqué lors de la répression de la rébellion du Rif en 1958. Il aurait tué des gens avec un sabre. Dans le camp, sa légende était bien entretenue par tous ses sbires. Même le commandant le craignait. Il ne le montrait pas, mais quand il lui arrivait de s'absenter, il nous réunissait et nous prévenait que nous devions obéissance à Tadla.

5

Je me sentis bien seul durant l'absence d'Ali. Il avait de la chance d'être à l'hôpital. C'était la période de Sisyphe. On nous faisait transporter de grosses pierres d'un bout à l'autre du camp pour la construction d'un mur que d'autres punis devaient démolir une fois terminé, et nous recommencions la même opération durant plusieurs jours. Celui qui remplissait nos sacs était un caporal à moitié fou. Il choisissait les pierres les plus lourdes et nous donnait un coup de pied au derrière pour nous faire partir. Il était interdit de venir en aide à celui qui tombait ou renonçait. Il faisait chaud. Nous avions soif. Nous n'avions pas le droit de nous parler pendant le trajet qui était de deux kilomètres.

Ali revint guéri, la mine presque normale, prêt pour se remettre dans les rangs. Il me raconta son séjour dans cet hôpital où il fit la connaissance d'un fils de colonel qui, dès qu'il apprit qu'il venait d'El Hajeb, demanda à changer de chambre. Ali avait rapporté un livre qu'un médecin lui avait offert, *Les Liaisons dangereuses* de Choderlos de Laclos. Si tu as envie de t'évader du camp, il n'y a pas mieux que cette histoire d'amour et de perversité, c'est vraiment exotique, ça te fera voyager dans le temps et dans l'espace.

Une fois par mois, nous avions droit à un paquet de cigarettes Troupe et un repas amélioré. Ali me donnait à contrecœur son paquet parce qu'il détestait le tabac. Fumer était le seul plaisir que le camp nous autorisait à certains moments. Ali préférait penser à une femme dont il disait être amoureux. Il se confiait à moi. Ne sachant pas quand nous allions être libérés, nous ne faisions aucun plan d'avenir. Il aimait parler de cette fille que je ne connaissais pas. Avec l'absence et les difficultés que nous vivions, elle lui apparaissait comme une diva, une star qu'il comparait à son idole, Ava Gardner. Il lui arrivait de délirer. Je ne le corrigeais pas. Il avait besoin de rêver, de s'échapper de cette condition en imaginant le meilleur des contes.

Je n'étais pas amoureux et je n'avais laissé derrière moi aucune fiancée. Avec le temps, je m'étais inventé une superbe créature que j'appelais Nana ; Ali se doutait bien de son inexistence. Il m'écoutait et me proposait de les faire rencontrer pour qu'elles parlent de nous. Il me dit qu'il fallait attendre la pleine lune pour les convoquer en y pensant avec conviction et force. Malheureusement, cette nuit fut celle de la punition collective parce qu'un des punis avait fait le mur pour aller voir des prostituées. Tadla nous réunit dans la cour et nous mit au garde-à-vous jusqu'au lever du soleil. La moitié des punis était par terre. Ali et moi avions tenu le coup jusqu'au bout, justement parce que nous nous évadions par la pensée. Malgré nos efforts, nous ne réussîmes pas à provoquer la rencontre entre les deux femmes. Il fallait un lieu isolé et beaucoup de concentration. Au bout de la nuit, il me sembla les apercevoir marcher la main dans la main entre les rangs ; elles donnaient à boire aux uns, ranimaient d'autres. Elles étaient légèrement vêtues et sentaient très bon. Elles disparurent dès qu'apparut Tadla.

6

Six mois après notre arrivée au camp, Oufkir décida de nous envoyer à l'École des officiers à Ahermemou, un village haut perché au nord de Taza sur la route d'Oujda. Tadla ne nous dit rien de notre itinéraire. Il fit un discours d'adieu. Safé, çayé, vos zètes plus des femmelettes, vos zètes des zomes, vos zètes devenus forts et patriotes, vos avé compris que pas de commounisme dans notre pays, vos allé aillors, je sais pas, dans l'armée secret-secret, pas de blabla, vos serez avec des zomes bien priparés pour prendre la souite de mon travail, attention, pas de malin, car ici les malins on les zoublie dans le trou, oui le trou où on les zentère laissant le tête pour le rispiration… quand il fait chaud, lo solay les grille la tête, après, le bonaume, il est direct laupital, les Chinois nous zont appris ça, i sont malins les Chinois...

Nous avions vu des soldats enterrés, la tête hors du sable, laissés en plein soleil. Tadla nous les avait montrés pour l'exemple. On savait qu'il était cruel. Il n'avait pas besoin de nous le démontrer.

L'école d'Ahermemou n'avait rien à voir avec le camp d'El Hajeb. Nous sentions que le temps de la punition barbare était fini, que nous entrions dans un lieu où notre rééducation allait se faire dans des conditions plus humaines. Nous étions six par dortoir. J'avais demandé à l'officier qui avait l'air civilisé d'être dans la même chambre qu'Ali. Pas de problème. Nous étions arrivés un 1er janvier. Il neigeait. Le commandant nous réunit et nous parla dans un français correct. Il avait été formé à Saint-Cyr. Il était élégant, dur sans être vulgaire. C'était un officier qui savait pourquoi nous étions là et ce qu'il devait faire de nous :

Je sais qui vous êtes, j'ai étudié chaque dossier, je sais que votre activité politique est incompatible avec la monarchie et le *makhzen*, ici, on ne fait pas de politique, j'ai été désigné pour parfaire votre éducation, pas de contestation, pas de rébellion. Ici, c'est moi qui commande, je ne connais personne, j'ai des ordres que j'appliquerai sans état d'âme. La moindre infraction sera punie de manière collective. Ici, on se lave tous les jours, on est à l'heure et on obéit aux ordres. À bon entendeur salut ! Repos !

Ce commandant était un Tadla plus policé. De jeunes officiers assuraient notre instruction. Nous avions des cahiers et des stylos. Nous suivions des entraînements militaires tout en étant privés de tous les droits. Nous pouvions écrire à nos familles. Les lettres passaient par le bureau de la censure. Ali écrivait à sa « fiancée » qui ne lui répondait pas. Le jour où il me suggéra de rédiger une lettre pour Nana, je sus qu'il commençait à perdre un peu la tête. Je réagis vite en le ramenant sur terre. Il reconnut qu'il lui arrivait de délirer et m'avoua qu'il ne sentait plus son sexe. Le mien non plus, on nous calmait en mettant du bromure dans le *cachiche* du matin. Je le sus par un infirmier qui avait de la sympathie pour moi. C'est quoi le *cachiche* ? Du café de la pire espèce mélangé avec de la farine de pois chiche. Tu vois, Ali, la punition n'oublie aucun domaine, il faut que notre séjour ici soit miné de difficultés pour qu'on regrette à jamais ce pour quoi on a été arrêtés, tout a été étudié pour ça, faut que nous mordions du sable, que nous souffrions, que nous perdions confiance en nous, que nous sortions de là le cerveau lavé, nettoyé, prêts à obéir et à ne jamais contester ni douter, c'est normal, la méthode utilisée est celle de Mao et de Staline, nous sommes de parfaites victimes. Alors, que nous ayons des érections ou pas, quelle importance, où irions-nous avec nos pénis excités, levés comme des bâtons, plus envie de rien, j'ai oublié à quoi ressemble un corps de femme, à quoi ressemblent le désir, le plaisir et tout ça, le problème, c'est qu'on ne sait pas quand on sortira de là ni même si nous serons libérés un jour, c'est ça la torture, on te laisse dans le noir, on ne te dit rien, et on te laisse mariner, j'avoue que c'est dur, alors il faut tenir, tu dois tenir comme je dois tenir, sinon, ça leur fera plaisir de nous voir abattus, achevés, défaits...

Il y avait parmi nous un juif, arrêté probablement par erreur. L'armée et la police ne reconnaissent jamais leurs erreurs. Il était là, ne disait rien, parlait bien l'arabe. Il se sentait seul. Ali et moi avions essayé de sympathiser avec lui, mais il préférait rester à l'écart. Le premier jour du Ramadan, il sortit de sa réserve et demanda à parler au chef de section. Il n'avait aucune raison de jeûner comme les musulmans. Le commandant fut mis au courant, il exposa le problème à Rabat qui donna l'ordre de lui servir ses repas. Lorsque le chef de section l'informa qu'il avait obtenu gain de cause, Marcel le remercia et le pria de n'en rien faire. Je suis comme les autres, même si je ne suis pas musulman, je ferai le Ramadan. Pour lui, c'était une question de principe. Ensuite, il se sentit plus à l'aise et mieux intégré dans le groupe des punis. Mais le commandant n'apprécia pas cette solidarité. Il convoqua Marcel et lui intima l'ordre de manger du pain rassis devant nous : Marocain, oui, mais musulman, non ! T'es juif, alors conduis-toi en juif !

Marcel baissa les yeux et croqua dans le pain dur et moisi. À la deuxième bouchée, il vomit. Le commandant le mit aux arrêts durant trois jours pour avoir vomi.

7

Notre odorat s'était habitué aux odeurs parfois nauséabondes de la cuisine faite avec de la graisse de chameau. Mon estomac ne supportait pas cette nourriture. Ali ne mangeait que du pain et des nouilles. Fragiles, nous l'étions tous, mais Ali en faisait un peu trop. Pas question de protester ou de manifester la moindre mauvaise humeur. Alors nous rêvions de repas simples sur une terrasse, l'été, avec de jolies filles, l'air insouciant, le corps impatient et le cœur léger.

Après une intoxication quasi générale, le commandant nous réunit et décida de changer de graisse. Le gras des chameaux est bon pour les nomades, mais vous êtes des sédentaires, des gars qui ont besoin de se dépenser, alors pour améliorer la situation, j'ai donné mes ordres pour que dorénavant la cuisine soit faite avec de la graisse de bœuf, c'est plus prudent, car si vous avez la chiasse, je ne pourrai rien faire de vous. Estimez-vous heureux de manger à votre faim. D'autres donneraient beaucoup pour être à votre place. Je sais, vous n'êtes pas faits pour ce métier, mais ça, je m'en fous, vous avez été des rebelles, alors il faut payer le prix. Repos, préparez-vous, demain commencent les manœuvres, je vous préviens, il est prévu 3 % de dégâts, je veux dire de morts. Faites en sorte de ne pas faire partie de cette minorité calculée par les statistiques. À bon entendeur salut !

Il adorait cette expression. Nous étions de bons entendeurs. Ali et moi étions inséparables, parfois Marcel se joignait à nous. Le chef de section laissait se former des groupes. Nous ne complotions pas. Nous avions juste envie d'être ensemble, manger ensemble, vomir ensemble, partager nos angoisses et nos espoirs, penser ensemble à notre éventuelle libération.

Ali reçut une lettre de son père. Elle lui avait été apportée par un lieutenant, fils d'un arrière-cousin, qui était de passage à Tanger et qui était chargé d'une mission à l'école d'Ahermemou.

Ali pleurait en la lisant. Il me la donna :

Mon cher Ali,

Depuis que tu es parti, ta mère est malade. Elle ne dort plus comme avant, est obsédée par ton absence et pense au pire. Le médecin lui a découvert une insuffisance respiratoire et de l'hypertension artérielle.

J'ai dû aller plusieurs fois à Rabat pour avoir quelques nouvelles. Il m'a fallu six mois pour savoir où tu étais et ce qu'on te reprochait. Personne à l'état-major ne sait quoi que ce soit sur votre dossier. C'est une affaire spéciale qui relève d'un général, m'a-t-on dit.

J'ai vu les parents de ton ami Mohamed, celui que tu appelles Mamed. Ils sont aussi inquiets. Nous vivons un calvaire, et le pire, c'est que nous ne savons rien. Il paraît que vous avez droit à une lettre par mois. Je n'ai rien reçu.

Ton père qui t'embrasse et te couvre de sa bénédiction tout en priant Dieu et son Prophète de t'aider à sortir de ce tunnel. Dieu est Grand et Clément.

8

Quelques jours plus tard, j'eus une fièvre étrange, j'avais chaud, je transpirais puis je tremblais, je délirais. Ali passa des nuits à mon chevet, posant un tissu mouillé sur mon front. À l'infirmerie, je fus accusé de vouloir éviter les manœuvres. Je partis avec les autres et au bout d'une heure de marche je tombai. Ali m'aida à me relever et réussit à convaincre le lieutenant de m'envoyer à l'infirmerie. Sans l'aide et l'insistance d'Ali, je serais peut-être sous terre.

Nous étions en décembre. Il faisait très froid. Parce que le commandant avait découvert une inscription désobligeante à son égard sur un mur de l'école, il nous réunit dans la cour, nous demanda de nous déshabiller en gardant le caleçon, et nous laissa debout durant une bonne heure. Il vint ensuite et cria : « Que celui qui a écrit la saloperie sorte des rangs ! S'il ne sort pas, vous resterez là jusqu'au dernier ! » On était gelé, on se regardait ne sachant quoi faire ni quoi dire. Je vis Marcel s'avancer. Le commandant le stoppa. Non, c'est pas toi, c'est écrit en arabe, toi, tu parles arabe, mais je sais que tu ne l'écris pas, alors reviens à ta place et pas la peine d'aider un musulman.

Une heure plus tard, des punis tombèrent comme des mouches. Ali était par terre. Le commandant revint. Pas mal, courageux et solidaires. Pas de traître, pas de mouchard, vous êtes dangereux, je comprends pourquoi vous êtes là. Alors je procéderai autrement. Nous rejoignîmes les chambres, nous moquant au fond de ses menaces. Il ne fit rien. Peut-être que l'inscription sur le mur disait vrai. « Kmandar Zamel » (le commandant pédé). Il ne fallait pas trop insister là-dessus. On disait qu'il était l'amant d'un capitaine ou l'inverse.

Des rumeurs, rien que des rumeurs. Nous serons libérés le 3 janvier. Nous ne serons pas tous libérés. Il y aurait une liste visée par Oufkir et peut-être même par le roi en personne. Des rumeurs infondées mais qui occupèrent notre petite vie. Des démentis, des rectifications. Marcel sortirait le premier parce qu'il n'avait rien à faire là. L'ingénieur aurait été pardonné par le roi. L'avocat aussi. Mais d'où venaient toutes ces informations impossibles à vérifier ? C'était le commandant qui les lançait. On disait aussi que le lieutenant qui avait apporté la lettre du père d'Ali aurait fait un rapport très alarmant sur les abus du commandant.

Le 3 janvier, personne ne quitta l'école.

Le 8 janvier, Marcel fut appelé par un médecin venu de Rabat. Le lendemain, il fut raccompagné chez lui.

Notre tour arriva le 15 janvier. Le signal, c'était la visite médicale. Le commandant nous convoqua dans son bureau, nous offrit un café, rien à voir avec le liquide noir amer qu'on nous servait le matin ; c'était un vrai café ; je le humai plusieurs fois avant de le boire. Il nous regardait comme si nous étions des Indiens Peaux-Rouges mettant le pied dans la civilisation blanche. Il nous resservit à chacun une tasse puis nous tint un discours étrange : À présent, vous êtes des hommes, des citoyens avertis, vous avez vu et compris ce qui se passe dans ce pays ; je dois vous avouer que, dans le cercle des officiers, nous n'étions pas contents qu'on se serve de l'armée pour vous punir ; l'armée n'est pas un centre de rééducation, ni une prison déguisée. L'armée est une famille qui a des valeurs dont la principale est la dignité. Or on nous a chargés de bafouer votre dignité de citoyen et d'opposant. Il faut que vous le sachiez. Je sais qui vous êtes.

J'ai de l'estime pour vos convictions et même pour votre combat. Ce pays a besoin de justice. Je suis sûr qu'un jour nos routes se croiseront, pas pour un exercice de répression, mais pour faire ensemble quelque chose de bien, de juste pour ce peuple qui mérite de vivre dans la prospérité et dans la dignité. Le Marocain est en train de s'habituer à vivre courbé. Il faut qu'il se redresse. Vous m'avez compris !

Nous étions sans voix. Cet homme était peut-être en train de nous tester pour savoir ce qu'on allait entreprendre en sortant de cette galère ; il n'était pas obligé de faire ce discours. Il se leva, nous lui tendîmes la main pour le saluer, il ouvrit ses bras et nous embrassa. Nous quittâmes son bureau en dissimulant un fou rire ; il était devenu fou ou quoi ? l'homme dur, l'officier impitoyable prenait rendez-vous avec l'Histoire !

C'était ça : trois ans et demi plus tard, le 10 juillet 1971, il fut à la tête des officiers qui tentèrent de tuer le roi à Skhirate le jour où il fêtait son anniversaire. Ce jour-là, nous étions Ali et moi avec des amis au bord de la mer. Lorsqu'on entendit la voix du speaker annoncer la fin de la monarchie, nous eûmes peur. Nous étions bien placés pour savoir de quoi étaient capables ces militaires qui envahirent la garden-party du roi. Le Maroc a échappé de peu à un régime fasciste.

Nous avions mis une journée pour atteindre Tanger. Nos deux familles se réunirent et organisèrent une grande fête. Ali et moi étions incapables de comprendre ce qui nous arrivait. Quelques jours plus tard, ce fut l'ami espagnol Ramon qui célébra notre libération ; nous n'avions pas l'esprit à la fête. Notre esprit était encore dans le camp. Difficile d'effacer en quelques jours les morsures d'un temps lourd et cruel. Ramon était désolé. Notre détention avait duré dix-huit mois et quatorze jours. Ali et moi étions liés pour la vie. Notre amitié était, depuis, donnée en exemple. Il fallait apprendre à oublier cette période, ne plus y penser, la répudier définitivement et reprendre goût à la vie. La fréquentation de Ramon allait nous divertir et nous aider à sortir de ce cauchemar qui se poursuivait dans nos têtes.

9

Tant qu'on n'a pas été jugé et acquitté, on reste suspect. Mon père voulait comprendre, voulait faire quelque chose, alerter la presse étrangère, faire un procès à l'armée... Il était en colère, et ma mère le suppliait de se calmer. Quoi ? Mon fils a été arrêté, torturé dans un commissariat et envoyé ensuite dans un camp disciplinaire, nous sommes restés sans nouvelles de lui, un beau matin il est libéré, comme si rien ne s'était passé et il est suivi par des flics dans la rue, notre maison est surveillée, notre téléphone est écouté, et tu veux qu'on accepte tous cet arbitraire ?

J'exige qu'on rende à mon fils son honneur, son innocence, il n'a tué personne, j'exige qu'on lui redonne son passeport pour qu'il aille reprendre ses études en France. Que les choses soient claires, il est innocent ou non ? C'est quoi, cette grâce royale ? Ou bien mon fils a commis un délit et il faut qu'il en réponde, ou bien il n'a rien fait, la justice doit le dire et le blanchir…

Mon père avait raison, mais au Maroc les choses ne suivent jamais un cours normal. Je repris mes études de médecine à Rabat. Ali abandonna l'idée de faire une école de cinéma. Il décida de faire une licence d'histoire et de géographie à la faculté des lettres. Nous n'avions pas les mêmes horaires de liberté. Nous nous retrouvions à Tanger durant les vacances. Ramon nous accompagnait dans nos sorties. Il nous faisait rire parce qu'il avait une quantité impressionnante de blagues à raconter. Il aurait pu être comédien.

Ce fut chez les parents d'Ali que je rencontrai Ghita, qui allait devenir ma femme. C'était la fille d'un cousin par alliance venue à Tanger pour quelques jours de vacances. Sa beauté m'intriguait. Elle était silencieuse et assez observatrice. Elle avait une façon de regarder les choses et les personnes qui me mettait dans l'embarras. Elle les déshabillait.

Ali me dit de faire attention. Comment ne pas être séduit, comment ne pas aimer tout de suite cette femme ? Je la regardais de biais et je me disais je me damnerais pour elle, je ferais n'importe quoi, j'irais jusqu'au bout de... Non, un voile s'était posé sur mes yeux. Devenu aveugle ou presque.

J'avais besoin de l'avis de mon ami, j'avais besoin de son accord, de sa bénédiction. Mes parents, j'en faisais mon affaire, mais Ali, c'était important qu'il approuve cette union, car je savais que nombre d'amitiés ont été détruites par le mariage, les épouses sont jalouses des amis de leurs maris, c'est bien connu, je voulais éviter ce scénario.

J'allumai une de mes mauvaises cigarettes, signe de nervosité, et posai la question à mon ami. Attends un peu, sors avec elle, flirte avec elle, ne te précipite pas, moi je la trouve très belle c'est ça qui m'inquiète, une belle femme est souvent plus préoccupée par sa beauté que par son foyer, alors il faut le savoir, la chose la plus importante est de savoir si elle t'aime, si elle a le même engouement que toi, car si votre amour part boiteux, ce sera dur d'arriver à l'équilibre, or le mariage ce n'est pas la passion, mais des arrangements, des concessions au quotidien, enfin, tu sais tout ça, on en a tellement parlé, réfléchis. Tu as raison d'être mordu, elle est belle, intelligente, discrète. Elle a des qualités que n'avait aucune de tes anciennes conquêtes ; il faut la respecter, il faut que tu sois sérieux, si tu te maries, ce sera pour toujours, pas de petites escapades, de petites infidélités...

Avec Ali, nous fîmes quelques sorties. Ghita venait avec sa sœur. Nous allions au salon de thé du Minzah. On mangeait des mille-feuilles et on riait sans raison. Je lui tenais la main. L'été d'après, je l'épousai. Je n'avais pas terminé ma spécialité, mais j'eus comme cadeau de mariage un passeport. Ce fut le gouverneur de la ville qui me l'apporta lui-même. Sans le remercier, je lui dis : Et celui de mon ami Ali ? Demain, non demain, c'est dimanche, dis-lui de venir me voir lundi à dix-huit heures précises.

Je partis en voyage de noces en Espagne. Ali prit l'avion pour Paris et participa au stage de la Fédération française des ciné-clubs à Marly-le-Roi.

10

Avant d'ouvrir un cabinet, je travaillais dans la santé publique. Je connus un autre Maroc, celui de la misère, de la honte et du désespoir. La consultation était gratuite, mais on n'avait pas de médicaments. Les gens qui ont les moyens vont dans des cliniques, d'autres plus riches partent se faire soigner en France, les autres crèvent.

La première année de mariage fut une année de bonheur et de plaisir. Lorsque Ghita tomba enceinte, j'eus du mal à l'annoncer à Ali. Il s'était marié avec Soraya, une jolie fille, apparemment calme et posée. Elle n'arrivait pas à avoir d'enfant. Ali était partisan de la vérité. Une naissance ne se cache pas. Si Soraya a des problèmes, ce n'est pas la faute de Ghita. Non seulement, il lui apprit la nouvelle mais avait tenu à nous faire une petite fête chez eux.

Et si on adoptait, dit Ali. Soraya était émue et contrariée. Faut attendre encore. Je n'ai que vingt-huit ans, on a le temps, on va réessayer, voir des spécialistes en France. Je lui dis qu'au Maroc l'adoption n'est pas une chose simple, c'est difficile, mais comme pour tout, on s'arrange, on trouve des solutions. Quelques mois plus tard, ma femme mit Soraya en contact avec une association de protection des orphelins et des enfants abandonnés. Elles partirent ensemble en parler avec une dame qui passait la majeure partie de son temps à s'occuper de ces laissés-pour-compte.

Elles revinrent en larmes, Soraya était désemparée. Elles avaient vu des bébés de tous âges, souriants, prêts à se donner à toute personne désireuse de les prendre dans ses bras.

J'apprendrai plus tard qu'Ali et Soraya adoptèrent Nabile, un garçon de six semaines né sous X.

Ali m'aida beaucoup pour l'installation de mon cabinet. Il m'arrivait de me sentir gêné, il en faisait un peu trop, ce qui m'énervait mais je ne laissais rien voir. Je disais merci, tu n'aurais pas dû... il me répondait, arrête avec tes formules toutes faites, tes clichés de petit-bourgeois, etc. Ses beaux-parents nous proposèrent un appartement. Nous manquions de temps pour parler et bavarder, mais notre amitié s'exprimait concrètement par une solidarité de tout instant. Nous étions devenus inséparables. Il m'arrivait d'avoir envie de solitude. Ali ne comprenait pas ce besoin. Il insistait, et je n'osais pas lui dire de me laisser seul. J'eus souvent l'impression que j'étais devenu sa deuxième famille.

Entre nous, l'argent n'avait jamais été un problème. Nous n'étions pas riches, nous avions de quoi vivre correctement et nous n'étions pas à plaindre. Mon cabinet marchait bien. J'avais investi et je m'étais endetté. Nous menions une vie calme sans le moindre heurt, sans nuage entre nous. Ali et moi avions pour règle de ne jamais invoquer nos problèmes conjugaux. Nous savions qu'un couple était avant tout une source de conflits et que la conjugalité pouvait tuer lentement l'amour. J'essayais de réussir mon mariage, je faisais des efforts, des concessions, ce qui étonnait Ali. Nous n'avions pas besoin d'en discuter, je savais lire sur son visage, j'étais même devenu un spécialiste en « lecture de sa physionomie », je pouvais m'y voir et ressentir exactement ce qu'il ressentait. Il avait un visage ouvert, facilement lisible, ce qui m'inquiétait quelquefois. Son hyper-émotivité trahissait ses sentiments et émotions. Ali était l'homme qui ne parvenait pas à cacher ce qui le travaillait, ce qui lui faisait mal. Dès que je le voyais, je comprenais ce qu'il allait me dire. Je me trompais parfois, mais jamais sur l'essentiel. Il avait une capacité d'entrer dans ma vie, dans mon monde et mon imaginaire qui me fascinait et m'inquiétait en même temps. Cette forme supérieure d'intelligence est redoutable. Je l'enviais. Avec le temps, cet aspect intuitif devenait préoccupant. Nous étions deux livres ouverts face à face. Nous étions devenus transparents l'un pour l'autre. Au fond de moi, je ne voulais pas de ça.

Ali enseignait dans un centre de préparation des professeurs tout en continuant à animer le ciné-club de la ville. Il s'était lié d'amitié avec deux vieilles dames exquises qui tenaient la Librairie des Colonnes, boulevard Pasteur. Elles avaient une passion pour la littérature et le cinéma. Ali passait des moments précieux avec elles et m'en parlait souvent. Ils avaient l'habitude de prendre le thé une fois par semaine, échangeaient leurs impressions de lecture et évoquaient leur passion commune pour le cinéma de Bergman, de Fritz Lang et de Mizogushi. C'était l'époque où l'on voyait des films dans des salles, où il n'y avait pas encore de cassettes vidéo, où le petit écran ne les déformait pas.

Le jour où l'on me proposa de travailler dans le bureau de l'Organisation mondiale de la santé à Stockholm, je demandai à Ali où voir des films de Bergman. Le cinéma nous renseigne parfois mieux que n'importe quel guide sur une société. Ali réussit à m'organiser des projections des films de Bergman les dimanches matin au cinéma Roxy. Au bout du sixième film, j'étais édifié. J'allais vivre dans un autre monde, un univers étrange et passionnant, une société minée par l'angoisse métaphysique, mais une société éminemment évoluée. Ali me donnait des leçons de cinéma avec une joie qui dissimulait mal sa fierté de m'apprendre quelque chose. J'étais agacé, mais je ne le montrais pas.

11

La première chose qu'on remarque quand on arrive en Suède, c'est le silence. Une société silencieuse, sans agitation, sans désordre. Je cherchais des yeux quelques têtes brunes. Je ne voyais que des têtes blondes. Les hommes et les femmes sont nettement plus grands que les Marocains. Le silence et la blancheur de la peau, les yeux clairs et le regard distant, le geste précis et rare, la politesse systématique, le respect des règles... je venais de découvrir le pays où l'individu existe. Quelle merveille ! Une société où chaque chose est à sa place, où chaque être a autant d'importance qu'un autre. J'étais sous le charme tout en soupçonnant que derrière cette première impression il y avait quelques dérapages. Mais je regardais ce pays avec mes yeux de Marocain et de médecin qui avaient tant souffert du manque de respect de la personne et du manque de rigueur d'une société qui ne fait que s'arranger. Ici, on ne s'arrangeait pas ; on travaillait ; on observait le droit et les lois de manière naturelle. On ne négocie pas avec la loi, on ne marchande pas dans la vie.

Je fus reçu par des collègues avec enthousiasme. Pas de tape dans le dos, ni d'embrassades et des formules de politesse qu'on débite chez nous mécaniquement. L'enthousiasme était sincère. Je n'étais pas le seul étranger. Il y avait des Africains, des Indiens, des Asiatiques, des Européens, nous parlions tous en anglais en attendant d'apprendre le suédois.

Ma femme et notre fils nous rejoignirent six mois plus tard. Ali et Soraya s'étaient occupés d'eux. J'avais été obligé de les laisser quelque temps à Tanger, mais cela me préoccupait un peu. Je sentais que j'étais en train de devenir l'obligé de mon ami, et cela n'est jamais bon pour l'amitié.

Après une année passée dans ce pays froid, le Maroc me manquait. C'est idiot, mais ce qui me manquait le plus, c'étaient des choses qui m'énervaient comme le bruit des voisins, les cris des vendeurs ambulants, les pannes d'ascenseur et le technicien qui bricole sans avouer qu'il n'y connaît rien, les petites vieilles paysannes qui vendent des légumes de leur verger, du fromage de vache, me manquaient Ramon et ses blagues surtout quand il bégayait, les flics de la circulation qu'on peut soudoyer pour éviter les contraventions, me manquait aussi la poussière, ça c'est étrange, la Suède ne produit pas de poussière, ou alors que fait-elle de toutes les poussières des choses ? Elle doit les recycler ou les faire disparaître de manière magique. Il n'y a pas non plus d'odeur de cuisine. Ils mangent des salades, du poisson fumé ou mariné, de la viande séchée, des légumes froids… Me manque la densité humaine au marché de poissons de Socco Chico à Tanger avec ses puanteurs, son humanité pauvre mais brave, me manquent les égratignures de la vie quotidienne avec ses mendiants, ses estropiés…

J'avais de tout temps entendu mon père donner la Suède en exemple de démocratie, de liberté et de culture. J'étais là, marchant dans la neige, espérant trouver un ami, quelqu'un avec qui parler, je pensais à Ali, à ce qu'il était censé faire à cet instant, peut-être lisait-il un bon livre, ou regardait-il un bon film, peut-être s'ennuyait-il et m'enviait-il à son tour. J'entrai dans une cabine et l'appelai. Il dormait. J'avais besoin de l'entendre. C'était important. Le doute m'envahissait. J'étais mélancolique. Au bout d'une minute, il comprit que je n'étais pas bien, alors il me dit qu'il avait dû prendre un somnifère et se boucher les oreilles avec des boules pour ne plus entendre l'horrible feuilleton égyptien que suivaient ses voisins qui refusaient de baisser le son. De retour du marché, les mains chargées, il avait dû monter à pied les cinq étages de son immeuble, l'ascenseur était en panne parce que les copropriétaires refusent de payer les charges. Le voisin du dessus a corrompu quelqu'un au service d'urbanisme pour construire un studio à son fils alors que c'est dangereux et illégal. Le ménage n'est pas fait dans l'immeuble parce que le concierge a répudié sa femme et épousé une jeune paysanne qui refuse de travailler. Je ne te parle que des ennuis immédiats. Je ne te dis pas dans quel état est l'université où vient d'apparaître un phénomène nouveau, des barbus se réclamant d'un islam totalitaire... Tu vois, tu ne connais pas ton bonheur, ici, les droits de l'homme ne sont respectés ni par l'État ni par ses citoyens. Je dois subir ce putain de feuilleton. Je dois accepter cette médiocrité parce que je n'ai pas le choix. Surtout ne t'avise pas de rentrer. Travaille, vis, voyage, jouis de la liberté vraie, et oublie le Maroc, si tu veux, si tu y tiens, reviens l'été en touriste, visite les plaines et les montagnes, on n'a même pas de musée digne de ce nom, on a le soleil, mais j'en ai marre du soleil, à présent je te laisse. Avant de raccrocher je lui dis embrasse Ramon si tu le vois, dis-lui de m'enregistrer ses dernières blagues et qu'il me les envoie ; je t'écrirai demain, mon ami, que Dieu te garde, toi et ta petite famille.

J'étais soulagé et me rendis à l'évidence. Se méfier de la nostalgie. Éviter de se laisser aller à ce genre de mélancolie. Encore une fois, ce fut Ali qui vint à mon secours. Je reçus une longue lettre où il me mit au courant des potins de la ville, où il me racontait des histoires des uns et des autres. Il finissait par une tirade assez triste sur la conjugalité. Je compris qu'une autre femme avait fait irruption dans sa vie. Depuis nos mariages respectifs, nous ne parlions presque plus des femmes et de l'amour. Une sorte de pudeur s'était installée entre nous à notre insu. Nous considérions que ces discussions faisaient partie de notre jeunesse, et que nous nous étions rangés.

Il m'avait fallu du temps pour me rendre compte que Ghita ne supportait pas beaucoup notre amitié. En un sens, c'était chose normale. La jalousie avait un spectre assez large et varié. Il m'arrivait aussi d'être jaloux d'Ali, parce qu'il était plus cultivé que moi, parce qu'il venait d'une famille quasi aristocratique, parce qu'il était plus beau que moi et que, grâce à son mariage, il était devenu riche. J'étais aussi jaloux de sa sérénité, apparente du moins. En fait, je le connaissais trop, et cela me gênait. Il m'arrivait de me l'avouer surtout lors de mes insomnies : jaloux, je suis jaloux, et pourtant qu'a-t-il de plus que moi ? Ce n'est pas une star, ce n'est pas un grand professeur de médecine, ni un grand écrivain, qu'est-ce qui fait que ce sentiment creuse un sillon dans mes pensées ? Je lui en veux et ne sais même pas pourquoi précisément. C'est curieux, je suis envieux sans cause, comme ça, envieux pour rien, mais comment un tel sentiment s'installe en nous ? L'insomnie est cruelle, elle est très mauvaise pour la pensée. La jalousie peut naître du seul fait que l'autre existe, qu'importe ce qu'il fait ou ce qu'il est. Je me sens triste et ombrageux. Je suis telle une barque qui s'incline sur le côté sous l'effet de la houle. Je penche sous le poids d'un sentiment néfaste, mais je ne fais rien pour le refuser.

12

À la naissance de Yanis, Ghita me proposa de rentrer à Tanger pour la fête du baptême. Lorsque j'en parlai avec Ali, il trouva l'idée excellente et se réjouit de tout préparer. Ne t'occupe de rien, tu me dis le jour de votre arrivée et la fête commencera. Nous sommes bons pour ce genre de choses, on sait célébrer, recevoir, faire des dîners, on adore les invitations, nous sommes un peuple qui investit énormément dans la cuisine, tout est prétexte pour égorger des moutons et des poulets et faire à manger pour une tribu. C'est notre marque de fabrique. J'imagine qu'en Suède, la naissance d'un enfant est suivie d'un verre entre amis et puis basta, enfin ce ne sont pas des gens qui donnent beaucoup d'importance à la table, peut-être à la boisson d'après ce que tu m'en as dit. Yanis, quel joli prénom, j'espère qu'au consulat du Maroc, ils ne vont pas te le refuser, parce qu'il y a Anis, le compagnon, mais Yanis, c'est surtout pour moi le prénom d'un grand poète grec, Ritsos.

Ali ne ratait aucune occasion pour montrer sa culture ou plutôt pour souligner mon inculture dans le domaine littéraire.

Lorsque j'informai Ghita de la proposition d'Ali, elle le prit mal. Et quoi encore ? Pourquoi c'est lui qui organise la fête de mon fils ? Mes parents sont là pour ça, ils ne comprendront pas pourquoi un étranger à la famille se mêle de notre baptême. Il n'en est pas question. Appelle ton ami et dis-lui de se calmer.

Ghita était violente, sa colère excessive, ses mots dépassaient ses pensées, mais elle avait raison. Je cédai et appelai Ali, qui ne fut pas étonné de sa réaction. Normal, Soraya m'a fait la même scène, on dirait qu'elles se sont concertées. Laisse tomber. Tes beaux-parents feront bien l'affaire.

La fête fut triste. On sentait une tension entre les gens. Je fumais deux paquets par jour alors qu'en Suède j'avais réduit ma consommation de tabac. Mes nerfs étaient à vif.

L'après-midi nous nous installâmes sur la terrasse du Café Hafa. Les souvenirs se déroulaient comme dans un vieux film. Nous étions visités par des images, des sons, des odeurs. La brume du soir couvrait les côtes espagnoles. Je toussais pas mal. Je prenais des pastilles calmantes. J'étais fatigué, mais je n'arrivais pas à distinguer la part de la fatigue physique de la lassitude morale. J'observais Ali et lisais la même lassitude sur son visage. Pour la première fois, j'eus envie qu'il disparaisse. C'est que je ne me sentais pas bien, je ne me supportais plus, je ne le supportais plus, j'avais envie de quelque chose d'indéfinissable, peut-être quelque chose qui ressemblerait à la sérénité dont jouissait tout naturellement Ali.

Ce fut durant ce séjour que je décidai d'acquérir un appartement situé au quatrième étage de leur immeuble. Je savais qu'il appartenait aux parents de

Soraya. Je le visitai avec ma femme, qui avait l'air enchanté. La vue était dégagée. On voyait la mer et une partie du port. Je chargeai Ali, devant Ghita, de s'occuper de tout, de négocier le prix, de faire les travaux, etc. Il eut un instant d'hésitation. Je ne ferai rien sans l'accord de ta femme, c'est tout à fait légitime qu'elle désire s'occuper de sa maison, je te propose de ne rien faire sans en référer à Ghita, mais avant de partir on sera vite fixé sur le prix. Une fois l'appartement acquis, je donnai une procuration à Ali pour effectuer les démarches et travaux que nécessitait ce lieu. Les choses étaient claires. Ali me bombardait de fax de devis, de factures, d'échantillons... Il s'en occupait comme si c'était le sien. Il me rendait service avec un zèle particulier, ce qui finissait par m'énerver un peu.

Ce fut durant cet hiver que j'eus les premiers symptômes de ma maladie. On ne pouvait rien me cacher. J'étais bien placé pour faire le diagnostic et pour savoir ce qui se passait dans mes poumons. Le docteur Lovgreen, qui était devenu un ami, était partisan de la vérité. Ce n'est pas à toi que je vais raconter des histoires. Tu as vu les radios. On a la chance de le prendre à temps. Il faut commencer la chimiothérapie dès cette semaine. Tu es jeune, en même temps, c'est un cancer qui aime les jeunes. Si tu veux, parles-en à ta femme, nous ici, nous resterons discrets. Tu auras les soins dans de très bonnes conditions. Ne t'affole pas, je vois à tes yeux que tu es surpris, c'est souvent ainsi, on a beau être informé, quand ça arrive, on est désarmé, on est comme n'importe quel patient. Je pense qu'on pourra le vaincre. J'ai de bonnes intuitions, je sais que ce n'est pas scientifique, mais même chez nous, la logique est parfois doublée d'un peu d'irrationnel. Il faut continuer ton travail comme d'habitude, en réduisant un peu le rythme, faut surtout pas s'affaler et s'effondrer, il faut réagir, c'est la vie, tu sais bien qu'un bon moral est un plus pour la guérison. Tu sais tout ça, là, je te parle en ami.

13

Je me suis souvenu de l'histoire de l'avalanche qui vous surprend et vous engloutit. Je me suis souvenu de ce que disait ma mère : j'avais reçu des décombres sur le dos, j'étais dans les ruines. Ce fut d'abord ce sentiment de se sentir écrasé, impuissant devant une évidence, une sorte de fatalité. J'aurais dû m'y préparer. Je fumais à la fin sans éprouver aucun plaisir, mais j'en ressentais le besoin. Mes poumons réclamaient de la nicotine, du goudron, des dépôts de saloperie noire pour grignoter mes bronches et m'étouffer. J'étais averti, mais je pensais échapper à cette fatalité.

Je regardais autour de moi et fixais les objets. Ils étaient là, solides, éternels. Je sortais dans le square près de la maison et j'observais les gens qui passaient, marchant d'un pas sûr et déterminé. Où allaient-ils ? Comment se sentaient-ils ? Il devait bien y avoir au moins une personne de mon âge qui affrontait les mêmes angoisses ! Je ne voyais que des gens à la santé éclatante. Ils n'avaient aucune douleur dans le corps. Même cette vieille dame qui avançait péniblement n'était pas malade. J'étais le seul être malade dans la ville de Stockholm. J'en étais persuadé. La maladie, c'est aussi ce sentiment précis et violent de solitude. Nous voilà renvoyés à nous-mêmes.

Besoin de parler, besoin de me confier. Il ne fallait surtout pas en parler avec Ali. Il laisserait tout et viendrait s'occuper de moi. Je lirais dans ses yeux l'évolution de la maladie. Son visage deviendrait un miroir ; ce serait impitoyable. On se connaissait trop pour risquer cette violence. Ali n'était pas un comédien, quelqu'un capable de dissimuler, de mentir, de faire semblant. Non, je ne lui dirai rien. Ma femme était déjà déprimée. Je l'informerai quand commenceront les soins. J'entrai dans un bar. Il était midi, l'heure des sandwich-salades.

Un homme était au bar, buvait tranquillement une grande chope de bière. Je l'avais choisi parce qu'il paraissait mon âge. Il devait avoir entre quarante et quarante-cinq ans. Je l'abordai comme cela se fait naturellement dans ce pays. Il leva son verre. Je commandai un verre de vin blanc. Il était ingénieur à Göteborg, venu en mission à Stockholm. Il avait exactement mon âge, quarante-cinq ans. Il était en bonne santé. Je lui dis que je venais d'apprendre que j'avais un cancer du poumon. Il leva son verre et me tapa sur l'épaule. Il ne me dit rien, mais son regard était plein de sympathie. Je sortis de là, tenant à peine sur mes pieds. Je marchais, hagard, avec une violente envie d'être près de ma mère, d'être sur sa tombe et de lui parler. J'eus les larmes aux yeux. Je toussais et cela me faisait mal. J'étais fatigué, troublé, sans goût pour rien. Je passais en revue tout ce que j'aimais manger mais que je m'interdisais pour ne pas grossir : des mille-feuilles, des cornes de gazelle, des marrons glacés, du pain complet beurré, du fromage de chèvre frais, des amandes grillées, des dattes d'Orient fourrées aux amandes, des figues turques, de la confiture de figue « Aïcha », des tartes au citron, du foie gras, du confit de canard, du khli', oui du khli' avec des œufs, c'est fatal pour le foie...

J'avais la nausée. Plus rien ne me faisait envie. J'avais besoin de temps pour encaisser le coup et pour préparer ma défense, car il s'agissait bien d'une attaque brutale préméditée depuis longtemps. Curieusement, j'eus envie d'une cigarette. Je n'en avais plus sur moi. Je pourrais en demander à un passant. Non, la cigarette c'est fini !

14

Sans prendre de somnifère ni de tranquillisant, je dormis profondément sans me lever pour pisser. Je devais être accablé ou soulagé. Je ne fis pas de rêve. Ma femme était étonnée. Elle me dit que je devais être fatigué, que je couvais quelque chose, une mauvaise grippe, et que je devrais consulter notre ami Lovgreen. J'aurais pu choisir ce moment pour lui annoncer la mauvaise nouvelle, mais je n'ai pas osé. Elle était heureuse ce matin, elle partait à sa séance de yoga et je ne voulais pas la perturber.

Je me rendis à mon bureau à l'hôpital où nous devions examiner la situation catastrophique du Bangladesh. Un parasite s'attaquait aux poumons. J'étais tout désigné pour faire partie de la mission. Je voulais y aller, pensant que cela me détournerait de ma propre catastrophe, mais le docteur Lovgreen en décida autrement. Il prétexta qu'il avait besoin de moi ici pour analyser les résultats que les médecins nous enverraient au fur et à mesure. Je compris que mon cas était désespéré. Une fois seuls, je lui demandai brutalement : J'en ai pour combien ? Je ne peux rien te dire avant la fin de la première chimio.

À l'hôpital où je me faisais traiter, je rencontrai un compatriote, malade lui aussi. Il s'appelait Barnouss. Il avait supprimé le *i* final de son nom pour faire nordique, mais avec sa tignasse noire et son teint mat, il n'échappait à personne qu'il venait du Maghreb. Il était moins inquiet que moi, me parlait comme si nous étions de vieux amis : Tout simplement parce qu'ici, mon cher compatriote, j'ai confiance, c'est important d'avoir confiance dans un pays, dans son système de santé, quand on a confiance, la moitié de la guérison est faite ; au Maroc, aucune confiance, je suis malade avant même d'être malade, je veux dire, rien qu'à l'idée de me retrouver dans les couloirs de l'hôpital Avicenne, je stoppe l'évolution de la maladie, le mal s'en va parce que mes microbes sont intelligents, ils ne veulent pas se faire traiter dans un hôpital marocain, non, ils font demi-tour, ils patientent, attendent que je sois en Suède pour se déclarer et là, je consulte en toute tranquillité dans n'importe quel centre de soins à Stockholm, tu sais, quand je suis en vacances là-bas, même l'aspirine je prends pas, car là-bas, les médicaments sont sous-dosés, tout ce qui est écrit en arabe, faut se méfier, tu crois que quand tu lis pénicilline 1 000, il y a mille unités ? Tu rêves, ils mettent 300 ou 400 et écrivent 1 000, j'ai la preuve, au début je prenais les médicaments marocains, pas d'effet, rien, c'est bidon, tu te rends compte ? Un pays si beau avec des médicaments bidons ! Dans ce pays magnifique, là, il y a de vrais musulmans, je veux dire des Suédois qui sont en vérité des protestants ou des catholiques, mais ils se conduisent avec nous comme s'ils étaient des musulmans, bons, généreux, solidaires, d'ailleurs ce pays mérite de devenir musulman, pas intégriste, non, ça c'est pas l'islam, c'est de la saloperie politique, d'ailleurs les pauvres Suédois ont peur que des fanatiques ne viennent foutre la merde dans leur pays tranquille, je les comprends, mais dis-moi, comment te sens-tu ? Ici, je te garantis, tu guériras, j'en suis sûr, ils font pas de différence entre les riches et les pauvres, entre les Suédois et les immigrés, c'est pareil, ils respectent, chapeau, moi je dis chapeau et je respecte, toi aussi tu respectes, n'est-ce pas ? Je dis ça parce qu'il y a des compatriotes qui sont jamais contents, ils rouspètent, font du bruit, boivent et se conduisent mal, ils respectent pas, c'est pas bien !

J'aimais bien sa bouille. Il ressemblait à un chameau. Il était grand, avait des bras interminables. Avec ses bavardages, je ne sus pas de quoi il était atteint. Il prenait les choses du bon côté, mais disait n'importe quoi ; les médicaments ne sont pas sous-dosés au Maroc, ce n'est pas vrai, il a des préjugés, c'est tout. J'aurais aimé avoir son énergie, sa foi dans le progrès, sa passion pour ce pays si froid. J'avais trop d'incertitudes. Je doutais. Encore un trait de caractère de mon ami Ali. C'était cela qui nous avait le plus rapprochés. Je me disais qu'il fallait cesser de comparer ces deux pays qui n'avaient pas la même histoire, le même climat, le même destin. Même si la médecine suédoise était remarquable, je sentais le besoin de rentrer chez moi. Comment expliquer ce besoin, cette brûlure, cette boule qui bloque tout dans la poitrine ? Avant d'en parler avec

Lovgreen, et même avec ma femme, j'appelai Ali. Je ne lui dis pas que j'étais malade, surtout pas. Il ne fallait pas l'inquiéter, l'affoler. Je lui dis juste comme ça, me manque le vent d'est de Tanger, me manque la poussière de Tanger... Je peux t'en envoyer !

Quinze jours plus tard, je recevais deux paquets : l'un contenait une bouteille en plastique hermétiquement fermée. Elle portait une étiquette : « un peu de vent d'est de Tanger, le 13 avril 1990 » ; dans l'autre paquet, il y avait une petite boîte métallique avec dedans du sable gris ; c'était de la poussière de Tanger ! Dans le même envoi, il y avait des échantillons de tissus pour le choix des rideaux. Ali continuait de s'occuper de l'appartement. Mais je n'avais plus le cœur à ça. J'avais besoin de santé, pas de rideaux.

Je travaillais sans trop réduire mon rythme. J'informai ma femme qui resta silencieuse plus de vingt-quatre heures. Elle ne pouvait plus parler. Elle était défaite, atterrée, tournant en rond dans la maison. Elle se cachait pour pleurer, téléphona au docteur Lovgreen qui la rassura. Nous nous battrons ensemble. Pas question que cette saloperie de maladie prenne le dessus sur nous et démolisse notre couple, notre vie. Ici, nous avons les moyens de combattre la maladie. Nous resterons là jusqu'à la victoire.

Elle était forte. Je la serrai dans mes bras avec un sentiment que je n'avais jamais éprouvé auparavant, celui d'un amour qui devait être plus puissant que la maladie.

15

Ma décision était prise. Ali n'en saurait rien. Plus que cela, Ali ne serait plus mon ami. L'annonce de la maladie le ruinerait, le ferait souffrir. Je n'ai pas besoin de sa souffrance. La rupture le surprendra mais lui fera moins mal en définitive. Son amitié m'était trop précieuse pour la donner en pâture au chagrin, à l'interminable processus de la destruction des cellules. Une chose est certaine : je ne verrai pas son visage affecté se pencher sur moi pour me donner le baiser final, je ne verrai pas ses yeux remplis de larmes et de souvenirs se séparer de moi, et par-dessus tout, je n'aurai pas à lire toute ma détresse dans ce regard qu'il a si limpide, un regard si clair qu'il en devient cruel. Si je m'en sors, je lui expliquerai. Si je disparais, il lira une lettre posthume. Peut-être que je me confierai à Ramon, il est fraternel, et puis avec lui je suis certain que je rigolerai. J'ai besoin de légèreté, de rire, de choses superficielles. Avec Ramon, c'est possible. Notre lien n'est pas assez fort pour qu'il tombe dans le drame et les larmes. J'aime bien Ramon, il paraît qu'il s'est converti à l'islam par amour ! Pour l'instant, préparons l'état d'adversité avec Ali, créons les conditions de la dispute. Qu'est-ce qui casse une amitié ? La trahison. Ali n'a pas l'étoffe d'un traître. Ce serait pure injustice de l'accuser de trahison. S'il pouvait être un traître, il l'aurait été dans d'autres occasions. L'abus de confiance ? Il en est incapable. Je marchais dans la grande avenue sous un soleil froid et passais en revue les différents scénarios pour éloigner notre amitié de toute perspective douloureuse. J'étais partagé entre une rupture nette, sans explication, sans paroles, et une dispute argumentée. Je me découvrais une capacité de perversité, une imagination diabolique ainsi qu'un plaisir indécent à jouer avec les sentiments des personnes que j'aimais. Cela me distrayait, je mettais en scène ma maladie comme si je faisais du théâtre. Je distribuais les rôles et jouais avec la vie des autres dans cette lumière feutrée des pays du Nord. Je n'étais plus un Marocain perdu dans un pays trop civilisé, je n'étais plus un médecin au service des populations les plus démunies dans le monde, je n'étais plus l'ami attentif et généreux, j'étais en train de tendre la main au diable, et je le faisais par excès de bonté, pas si sûr, je dirais par faiblesse, par méchanceté, par égoïsme ! Je marchais et me parlais. Personne ne se souciait de moi. On peut se parler sans être pris pour un fou. Au Maroc, ceux qui sortent dans la rue déchirant leurs vêtements et criant leur détresse ne sont pas inquiétés, on les considère comme des gens qui ont tout perdu, tout sauf la raison. On en fait des saints, des personnes touchées par la grâce.

J'élaborais mes plans quand j'entendis une voix grave s'adresser à moi. Je me tournai, il n'y avait apparemment personne à mes côtés. La voix continuait de me secouer. Tu es en train de perdre la tête, tu te moques du monde, c'est quoi cette idée d'épargner ton ami en le blessant à mort ? Où as-tu trouvé cela ? Dans un film policier ? Ou alors dans ce film sur la jalousie où la femme persécute son mari jusqu'après sa mort, après avoir fabriqué des preuves du meurtre qu'il aurait commis sur elle, tu sais, c'est un film qui s'appelle je crois *Péché mortel* joué par Gene Tierney, enfin quelque chose d'assez sophistiqué et terrifiant... Non, mon ami, occupe-toi de ta maladie, soigne-toi, laisse tes amis te tenir la main, laisse-les t'aider pour sortir de cette mauvaise passe, t'as pas le droit d'agresser la personne que tu aimes et avec laquelle tu as partagé des moments difficiles et d'autres plus heureux. À moins que ce ne soit ta jalousie enfouie dans le fond de ton âme qui s'exprime ainsi, de manière cynique et perverse. La jalousie est humaine, elle est injuste mais tellement répandue. La jalousie n'a rien à voir avec la raison, elle nous habite comme une mauvaise haleine qui se manifeste en cas de malheur. Pourquoi être jaloux d'Ali ? Qu'a-t-il de plus ou de mieux que toi ? Ah ! La santé ! Le bien le plus précieux de l'être ! Il te survivra, il continuera à vivre votre amitié dans le deuil, et puis la vie prendra le dessus, peut-être qu'il ne t'oubliera pas, mais l'absence et le silence vous éloigneront pour toujours. La maladie a réveillé en toi la part maudite de ton âme ; tu l'écoutes et tu t'apprêtes à exécuter un plan diabolique. Non, je refuse de croire que tu es capable d'un tel acte.

La voix me parlait puis disparaissait. Je revoyais les scènes de ce film qu'aimait beaucoup Ali. Je me souvins de la scène où elle laissait son jeune beau-frère handicapé se noyer dans l'eau glacée parce que son mari s'en occupait beaucoup, je me souvins du poison qu'elle s'administrait avant de cacher le flacon dans la chambre de sa sœur dont elle était jalouse, je me souvins comment elle s'était pris les pieds dans le tapis et avait fait une chute du haut des escaliers pour perdre le bébé dont elle était enceinte et dont elle était jalouse... je me souvins aussi de l'impression de malaise que ce film m'avait laissée. Mais pourquoi évoquer ce cas ? Je n'allais tuer personne. Juste prendre congé d'une trop longue amitié et affronter dans la solitude la douleur. Mes raisons sont obscures, mon attitude étrange. C'est ça la maladie. La mort n'est rien, la mort, c'est la maladie, la longue et douloureuse maladie.

Une autre voix m'encourageait dans ce sens. Nous sommes contradictoires, ambivalents, irrationnels.

Je toussais, j'étais fatigué et j'avais envie de pleurer. En rentrant à la maison, Ghita avait les yeux rouges. Elle avait dû pleurer. Les enfants dormaient. Je les embrassai sans les réveiller. Je faillis m'effondrer. Je me retins. Il fallait garder le moral haut. Le lendemain, j'avais rendez-vous pour les séances de chimio.

16

Je ne répondais plus aux lettres d'Ali. Quand il appelait, Ghita lui disait que j'étais en mission en Afrique ou en Asie. Ses dernières lettres étaient alarmantes. Il ne comprenait pas ce qui se passait, pensait que quelque chose s'était passé et voulait en avoir le cœur net. Je gardais le silence. Lorsqu'il dit à ma femme qu'il était très inquiet et qu'il s'apprêtait à venir me voir parce qu'il soupçonnait une quelconque maladie, je crois qu'il voulait parler d'une dépression, je pris mon téléphone et lui parlai sur un ton sec et froid. Non, pas la peine de te déplacer, c'est moi qui viens, j'attends de terminer quelques affaires et j'arrive, prépare les factures, nous réglerons nos comptes. Je raccrochai sans lui laisser le temps de réagir. Je jouais mon rôle. Je me sentais fort. C'était curieux, provoquer une dispute avec Ali me donnait une belle énergie. Je ne faisais pas d'effort pour lui parler comme si c'était un ennemi. Ma femme ne comprenait pas cette mauvaise comédie. J'étais incapable de lui expliquer le fond de ma pensée et les raisons de mon comportement. Elle ne supporterait pas une telle violence dans les relations. J'inventais un malentendu disant qu'Ali m'avait déçu. Curieusement, elle abondait dans mon sens, donnait des exemples en l'accablant, ce qui me troublait et me faisait encore plus mal. Oui, tu te rends compte, tu t'es laissé avoir, c'est un profiteur comme tous ceux à qui tu as fait confiance sans te poser des questions pourquoi ils te fréquentent, les gens sont jaloux et hypocrites, Ali ne fait pas exception, il est comme les autres, comme le gars qui t'avait vendu la voiture en trafiquant le compteur, comme le gars du ministère qui se disait ton ami et qui avait fait un rapport défavorable pour ton départ en Suède, tu es entouré de faux jetons, de gens qui ne savent que te jeter des peaux de banane, alors il a fallu que tu viennes en Suède pour te rendre compte de tout ça, Ali aurait pu être un brave type, mais sa femme est une méchante, elle est jalouse de toi, de moi, de nos enfants, c'est normal, elle n'a pas réussi à enfanter, elle ne peut qu'être jalouse, oublie tout ça, pense à ta santé et ne t'encombre pas la tête avec ces bêtises.

Je n'avais pas la force de lui répondre. J'étais piégé. Tu te trompes, c'est pas ça le problème, tu comprendras plus tard. Je t'en prie, ne sois pas mauvaise, ne dis pas de mal des gens, surtout d'Ali, nous avons trente ans de lien et d'amitié, alors s'il te plaît respecte ça, et laisse-moi régler mes problèmes à ma façon.

Je me mis à douter. J'avais déclenché un engrenage dangereux. Ghita devrait rester à l'écart. Comment y parvenir ? Comment la convaincre que c'était une affaire qui lui était étrangère ? Il fallait la neutraliser ou du moins obtenir de sa part une certaine indifférence. Sa dureté m'avait toujours surpris. Sous des aspects quasi angéliques se cachait une femme redoutable, impitoyable, sans souplesse. D'où venait cette hargne ? De l'enfance et de ses frustrations. J'appris plus tard qu'elle avait vécu avec sa mère dans un village du nord du Maroc, dans le Rif, une région rude et sévère. Son père était parti travailler en Allemagne ; il revenait une fois tous les deux ans, l'été. Elle avait été élevée sans tendresse, sans joie. Elle refusait de faire une analyse, se disait bien dans sa peau, elle savait ce qu'elle faisait, et pour rien au monde elle ne changerait de tempérament et de comportement. Elle ne doutait jamais. Entêtée et sûre d'elle. Difficile de négocier quoi que ce soit avec elle. Heureusement qu'elle avait d'autres qualités. Sincère et franche, elle ne supportait pas l'hypocrisie sociale assez généralisée au Maroc. Elle était douée d'une intelligence remarquable et donnait à nos enfants une bonne éducation. Une femme forte et tendre à la fois.

17

Six mois après ma première séance de chimio, le docteur Lovgreen se montra modérément optimiste. Il me dit que je pouvais voyager, aller en vacances au Maroc mais que je devais faire attention, ne plus toucher une cigarette ni m'asseoir à côté d'un fumeur ou dans un lieu enfumé. Difficile dans un pays où le tabagisme est très répandu.

Était-ce par autosuggestion, par jeu ou par mauvaise foi, mais je trouvais l'appartement meublé par Ali d'un goût douteux. Il y avait là un point de départ pour enclencher la dispute. J'attendais le moment. Ali était comme d'habitude disponible et généreux. Il me fit remarquer que j'avais maigri, que mon aspect général avait changé. Je lui dis que c'était le travail, les voyages fréquents et puis une lassitude de la vie conjugale. Nous prîmes un café et il se confia à moi comme on faisait avant. Il me parla de sa maîtresse espagnole, une nymphomane. C'est que du sexe, rien que du sexe, pas de sentiments ni d'émotion. C'est une obsédée du sexe. Je ne me sens pas coupable, car elle ne menace pas mon foyer, ni ma stabilité affective ! J'eus tout d'un coup un sentiment d'envie. Moi aussi j'aurais aimé avoir quelque chose de ce genre à lui raconter. En épousant Ghita, j'avais opté pour la stabilité conjugale et je ne regardais plus les autres femmes. C'était une décision rationnelle et confortable. Je mettais ainsi à l'épreuve ma volonté. J'aimais Ghita. Moi aussi j'aurais pu avoir une relation clandestine avec l'assistante du docteur Lovgreen. Briggit était disponible et me le faisait savoir de différentes manières, mais je résistais, bêtement. J'eus envie de l'attaquer sur sa vision des femmes qu'il trouvait soit obsédées sexuelles soit hystériques, mais cela ne correspondait pas à la vérité.

Je ne voulais pas poursuivre cette discussion avec lui. Il fallait préparer le terrain pour le conflit. Je lui demandai ce qu'il pensait de *Péché mortel*. Il tombait des nues. Un film qu'il trouvait excessif. Un bon scénario, une excellente interprétation, mais c'était trop. Ce n'était plus de la jalousie mais de la pathologie. Je lui suggérai de remplacer la relation de couple avec une relation d'amitié entre deux hommes. Il était étonné, ne comprenait pas où je voulais en venir. En amitié, la jalousie n'a pas de place, parce que, en principe, c'est un sentiment basé sur la gratuité, pas sur l'intérêt pécunier ou sexuel. Tu vois, depuis que tu vis en Suède, ta perception des choses a changé. Y a-t-il jamais eu de la jalousie entre nous ? Je ne pense pas, nous sommes amis parce que nous partageons des valeurs, des préoccupations, parce que nous nous entraidons, parce que nous avons vécu des épreuves ensemble, parce que je peux compter sur toi comme toi sur moi, parce qu'il n'y a entre nous ni femme ni problème d'argent... Que cherches-tu, Mamed ?

J'aurais pu enclencher la dispute à cet instant, mais je n'en avais pas le courage. Je le regardais et j'avais les larmes aux yeux. J'eus envie de pleurer sur moi-même, sur mon état, sur ce que mon imagination tramait et préparait. Je me baissais pour ne pas montrer mon émotion. J'annulai le dîner qu'il avait préparé pour nous. Fatigue et lassitude. Il proposa de venir me tenir compagnie. Je le décourageai et lui promis que nous nous verrions le lendemain.

Ghita me fit de nouveau remarquer que la femme d'Ali était jalouse. Elle regarde nos enfants d'une manière que je n'aime pas. Elle ne supporte pas l'idée de ne pas en avoir, même si le petit Nabile est adorable. Tu ne crois pas ? Tu penses que je me trompe ? tu devrais faire confiance dans l'intuition de ta femme. Ton ami, celui que tu célèbres tout le temps... Arrête, je ne te permets pas de juger trente ans d'amitié, ce n'est pas ton problème. Du respect, s'il te plaît !

J'étais agacé par ses commentaires. Je passai une mauvaise nuit. Je repoussai le jour de la rupture. Elle eut lieu la veille de notre départ. Je ne sais pas pourquoi, mais j'eus envie de mettre Ramon au courant. Je lui téléphonai et nous parlâmes un bon moment ; il m'écouta et ne fit aucun commentaire.

En arrivant à Stockholm, je dormis deux jours de suite. La fatigue puis le chagrin, le sentiment d'avoir commis une erreur irréparable, suivis d'un deuil à vivre en pleine maladie. Une grande confusion régnait dans ma tête. Tout se mélangeait, le bon et le mauvais, l'envie et la culpabilité, la mauvaise haleine de la jalousie et le sentiment vrai d'épargner mon ami. La maladie me révélait à moi-même sans délicatesse, sans pitié. La certitude de « m'approcher du trou », comme disait mon grand-père, m'occupait jour et nuit. J'étais obsédé par la terre humide dans laquelle mon corps dormirait pour toujours. Tout me ramenait à cette idée ravageuse.

Je reçus plusieurs lettres d'Ali. Je m'efforçai de lui répondre sèchement. Je tournai péniblement cette page en doutant du bien-fondé d'une telle démarche. Pour calmer mes incertitudes, je me mis à rédiger la lettre posthume.

III

RAMON

Trois années plus tard.

Témoin par intermittence de cette amitié, je me suis trouvé mêlé à sa rupture. Je me suis refusé à porter un jugement sur cette affaire. Mamed m'a raconté sa version des choses, Ali aussi. J'ai compris que ce n'était pas une simple question de point de vue.

Ravagé par la maladie, arrivé d'après les médecins en phase terminale, Mamed décida de rentrer mourir dans son pays. Il me prévint la veille et me demanda de n'en parler à personne. Je l'accueillis à l'aéroport. Accompagné de sa femme et de ses enfants, le visage défait dans un corps rongé par la maladie qui avait brutalement évolué, il s'installa dans la vieille maison de ses parents. Il dormit dans le lit de sa mère, cessa de prendre ses médicaments déclarés inutiles par son ami le docteur Lovgreen. Il ferma les yeux et attendit la mort. On dit qu'elle habite le regard quarante jours avant l'issue fatale. Ghita était désemparée mais résistait bien. Elle parlait souvent aux enfants, leur lisait des contes suédois où l'on prépare les petits à l'absence et à l'irrémédiable. Je passais le voir deux fois par jour. Je proposais à sa femme de faire les courses, de sortir les enfants.

Ce fut lorsqu'il apprit qu'il était condamné qu'il éprouva le besoin violent de quitter la Suède et d'aller mourir dans la maison familiale. Cette fois-ci il devait trouver la terre marocaine plus clémente pour les morts que celle glaciale des pays nordiques. Il n'avait même plus la force de comparer les choses et de critiquer tout ce qui n'allait pas au Maroc. Il rentrait discrètement mettre les pieds sur le sol du seul pays qui habitait son cœur.

La maison de ses parents était en mauvais état. Son père y vivait seul, entouré de livres d'histoire et d'un carnet d'adresses où beaucoup de noms étaient rayés. Une vieille paysanne venait de temps en temps faire le ménage. Il ne disait rien, attendait son heure avec la foi d'un bon musulman qui avait déposé sa vie et sa mort entre les mains de Dieu. Il oubliait de prendre ses médicaments, persuadé que tout était déjà écrit dans le ciel et qu'après la lecture s'imposait le temps de la prière.

Quand il vit arriver son fils, il eut un choc. Il se trouva en face d'un homme aussi vieux que lui. Il pleura en silence et cita un verset du Coran où il était question de l'unique volonté de Dieu. Malgré une souffrance sourde et différente en intensité, le père et le fils eurent envie de se parler. Je savais que Mamed n'avait jamais eu la fibre religieuse. À l'âge de quinze ans, il se cachait pour manger durant le jeûne du Ramadan, tantôt chez son ami Ali, tantôt chez moi. Il croyait en une spiritualité supérieure, aimant dans l'islam la poésie mystique représentée d'après lui par le soufi andalou Ibn Arabi. J'étais là, me faisant tout petit, j'observais ces retrouvailles et j'écoutais ces paroles. Quand je me levai pour partir, Mamed me fit signe de rester.

Je compris que son père considérait que les mystiques avaient fait de la divinité une idole, que certains avaient même osé se confondre avec Dieu. Mamed ne le contrariait pas, mais avait du plaisir à converser avec lui. Ils s'étaient rendu compte qu'ils avaient rarement eu l'occasion de discuter : Comment tu vas mon fils, je ne parle pas de la maladie, ça c'est du ressort du Très Haut, mais en général, comment c'était ta vie là-bas, en Suède ? Tu sais, je voulais venir te rendre visite, j'ai toujours rêvé de ces pays parce qu'ils représentent pour moi l'exemple de la droiture, de la justice sociale et de la démocratie. Peut-être je me trompe. Je sais qu'on donne souvent la Grande-Bretagne en exemple, mais un pays qui a été un grand colonisateur ne peut pas être un exemple pour les autres pays. Tu sais mon fils, je fus tenté par la politique au moment de l'indépendance du Maroc, mais je vis très vite que nous n'étions pas prêts pour l'exercice de la démocratie. Je ne dis pas que nous ne méritons pas de vivre en démocratie, mais nous avons besoin qu'on nous éduque, qu'on nous explique ce que c'est, nous avons besoin d'apprendre à vivre ensemble. La démocratie, ce n'est pas une technique, un machin qui vous permet de déposer un bulletin de vote dans l'urne, non, la démocratie a besoin de temps pour s'installer, c'est une culture, ça s'apprend, nous on a oublié de l'inscrire dans nos programmes ! À part ça mon fils, comment ça se passe avec ta femme ? Tu n'as pas de problème ? Comme tout le monde, évidemment ! Je sens que tu as envie de dormir. Si tu permets, je vais lire quelques versets du Coran qui adouciront ton entrée dans le sommeil. Après, on écoutera un peu de musique, je sais que tu aimes bien Mozart, n'est-ce pas ? Mozart n'aurait pas pu être marocain, la preuve, nous n'avons personne de sa trempe.

Il s'asseyait sur le bord du lit et le veillait lisant la sourate « La vache » puis se mettait à prier en silence. Il s'endormait et oubliait la musique. Moi aussi je priais intérieurement.

Mamed dormait mal, bougeait comme s'il était aux prises avec un fantôme dans un cauchemar. Il luttait contre la mort qui s'approchait de lui, les bras tendus.

Ghita se partageait entre son mari et ses enfants, qu'elle avait dû laisser chez une cousine directrice d'une école privée. Elle répondait au téléphone, refusant poliment certaines visites. Mamed est fatigué, dès qu'il se sentira mieux, c'est lui qui viendra vous voir. Lorsque Ali appela, Ghita marqua un temps d'arrêt, un silence gêné, me regarda puis alla parler à l'oreille de son mari. Elle revint un peu décontenancée. Désolée, Ali, il ne veut voir personne. Il vaut mieux respecter sa volonté ; s'il te voyait, ça pourrait aggraver son état. Adieu. Elle me regarda de nouveau comme si elle me prenait à témoin, je baissai les yeux comme si je ne comprenais pas ce qui avait été dit.

J'imaginai Ali, les larmes aux yeux, la mine défaite et l'esprit englué dans le désespoir. C'est maintenant qu'il a besoin de moi, c'est le moment le plus important dans une amitié quels que soient les différends et les malentendus, je dois le voir, je dois lui témoigner mon amour sincère, sans ambiguïté, même s'il s'est trompé sur moi, même si sa femme a tout fait pour nous séparer. En même temps, je le connais, quand il n'est pas bien, il n'aime pas être vu, je me souviens quand il était tombé malade dans le camp disciplinaire, il me demandait d'éteindre la lampe pour qu'on ne voie pas ses traits tirés, fatigués par la fièvre. Aujourd'hui, c'est plus grave. S'il est rentré chez lui, c'est qu'il n'y avait plus d'espoir. Il faut que je le voie, à moins que… C'est peut-être mieux ainsi. Peut-être voulait-il que je garde de lui l'image d'un vivant, heureux et apaisé ? Ou alors il m'en veut. Mais de quoi ? De lui survivre. Simplement ! Non, Mamed n'est pas de cette espèce. Je refuse de le croire.

Je n'eus aucun mal à me mettre à la place d'Ali et à imaginer ce qu'il ressentait. Je le voyais se débattre avec des soupçons qui le travaillaient, se poser des questions sur ce qui se cachait dans l'attitude de son ami. Quelque chose s'était passé. Il m'avait avoué qu'il cherchait un détail, un mauvais jeu de mots, une phrase malheureuse, un geste déplacé, une plaisanterie de mauvais goût, un manque d'attention, une absence. C'était ça, Ali aurait manqué un rendez-vous historique ! Lequel ? En ma présence, il lui est arrivé de passer en revue les dernières années de leur lien. Pas de drame apparent. Pas de faux pas. Aucun malentendu. Leur amitié était claire, transparente, ils se disaient tout, discutaient de tous les sujets, se confiaient des secrets. Alors, pourquoi ce revirement ? Je pense qu'ils n'avaient pas la même perception des faits, que des divergences existaient mais qu'ils ne les relevaient pas, n'en parlaient pas. L'histoire de l'appartement n'était qu'un prétexte. L'influence de sa femme, il le savait, n'était pas assez importante pour précipiter cette rupture.

Cela faisait trois ans qu'Ali ruminait cette déception inexpliquée. Il s'était fait une raison. Mamed avait changé. L'éloignement et le temps pouvaient être à l'origine de cette usure. Il gardait de son ami l'image d'un homme de parole, un homme de fidélité, quelqu'un qui avait changé de route, qui avait découvert d'autres horizons et qui ne voulait plus perpétuer cette amitié qui lui rappelait son adolescence, sa jeunesse et le début de la maturité. Il la considérait comme un livre déjà lu et relu. Il fallait tourner la page.

Ali trouvait chaque fois un début d'explication, puis renonçait à poursuivre ce raisonnement. Il avait entendu parler de deux amis égyptiens, des écrivains qui avaient choisi de porter un pseudonyme commun. Ils étaient inséparables au point qu'on les avait surnommés les jumeaux. Ils étaient différents mais unis de manière indéfectible, soudés par une fraternité acquise dans l'épreuve des prisons de Nasser. Mariés, ils avaient réussi à faire admettre à leurs épouses que leur amitié n'était pas négociable et qu'elle passait avant leur vie conjugale.

C'était exceptionnel. On les citait en exemple car il régnait entre les deux familles une harmonie inexplicable, apparemment du moins.

Dès qu'il sentait ses forces revenir, Mamed se remettait à la rédaction de sa lettre posthume. Il profitait de l'absence de sa femme et du sommeil de son père pour écrire. Il tenait beaucoup à cette lettre. La maladie s'éclipsait le temps de l'écriture. Il se sentait bien, avait les idées claires. Deux copains médecins venaient le voir, lui racontaient des histoires drôles puis s'en allaient dès qu'ils s'apercevaient de sa fatigue. C'étaient des rigolos de la même promotion que lui, ils aimaient les blagues et étaient intarissables sur les histoires salées. Moi, je n'avais plus envie de lui en raconter ; je me tenais à sa disposition ; je restais des heures auprès de lui, ne demandais rien, je lisais des romans policiers ; je pensais à cette histoire d'amitié qui se terminait en drame et me rendis compte que je n'avais jamais eu un grand ami.

Un matin, Mamed demanda à sa femme de faire venir les enfants. Ghita m'appela. C'était un lundi d'hiver avec plein de soleil.

Il faut que je leur parle. Yanis et Adil étaient conscients de la gravité du moment. Ils se tenaient par la main, refusaient de céder aux larmes. Venez que je vous embrasse. Soyez unis, faites attention, la vie est belle, la vie vous attend, soyez confiants, soyez généreux, n'humiliez jamais quelqu'un, ne lui faites jamais honte, défendez vos droits, allez, soyez heureux !

Ghita pleurait. Mamed mit la main sur ses yeux. La nuit entra dans cette chambre et n'en sortit jamais.

Mamed fut enterré dans le cimetière des Moudjahidines. Une tombe simple sous un arbre. Ali était dans la foule. Il était un homme parmi tant d'autres. Son chagrin était immense, il pensait être le seul à le savoir. Je décidai de ne pas le déranger.

IV

LA LETTRE

Ali,

Cette lettre, je la porte en moi depuis des années. Je la lis et relis sans l'avoir écrite. À partir du jour où on m'annonça la gravité du mal qui me rongeait, je savais qu'il fallait t'épargner. Tu trouveras cette attitude injuste ou étrange. Nous avions mis plus de trente ans à construire ce lien, et je ne voulais pas que la maladie, la souffrance, le malheur s'en emparent. Car, vois-tu, je suis ton ami et j'ai fait avec toi ce que j'aurais voulu que tu fasses avec moi si la maladie avait eu l'outrecuidance de t'atteindre. J'eus cette idée au moment où je voyais tout en noir, où je n'avais pas encore réalisé que la mort était dans la vie et que partir ne devait en aucun cas pénaliser les vivants. J'étais bien placé pour comprendre que la mort, c'était la maladie, pas cet instant décisif qui arrête tout. La mort, ce sont ces longues journées, ces interminables nuits d'insomnie où la douleur creuse son sillon dans le corps jusqu'à la perte de la conscience. La mort, ce sont ces heures d'attente dans une salle où on vous appelle pour faire un examen. La mort, c'est la lecture des analyses, la comparaison des chiffres, c'est l'évaluation de l'inconnu. La mort, c'est le silence et le gouffre qu'on redoute, on le voit s'approcher et nous engloutir. Je ne pouvais pas éviter ce deuil et ce chagrin à ma femme et à mes enfants. Mais à toi, j'avais le moyen d'y parvenir par une simple dispute provoquée, une remise en question de ton honnêteté, sachant que c'était ton point sensible. Il fallait t'éloigner, te laisser à l'écart avec tes doutes, tes interrogations, ta sensibilité violentée, avec un sentiment d'injustice. En te détachant de notre amitié, tu t'éloignais de la mort et tu tournais la page. J'imaginais bien que ça n'allait pas se passer comme je l'avais prévu, que tu allais résister, chercher à savoir, faire tout pour comprendre cette tempête dans ton cœur, je te savais meurtri et que tu n'allais pas renoncer si facilement. C'est ce que je craignais. Ton intelligence, ta force de conviction pouvaient faire échouer mon plan. Je voulais t'éviter le partage de la mort, car je te connais, tu serais là, à vivre tous les instants de l'évolution du mal, tu serais à côté de moi, m'accompagnant jusqu'au bout, et j'aurais lu dans ton regard l'approche de la fin, tu étais ce miroir que je ne pouvais regarder, par faiblesse, par une vanité meurtrie, peut-être aussi, je l'avoue, par une jalousie horrible et indigne de nous ; ton visage se serait installé entre la maladie et la mort, à la frontière des abîmes ; j'aurais vu sur ton visage le début du grand sommeil, tu te souviens du film avec Humphrey Bogart, c'est toi qui m'expliquais que le grand sommeil, c'est la mort, et que le film était de ce fait inintelligible mais superbe. Je repensais à cette discussion sur l'incompréhension des choses et des êtres. Tu me disais que l'intelligence, c'est l'incompréhension du monde. À présent que je suis dans ce lit qui se creuse pour se transformer en tombe, je sais que tu as raison.

Nous avons vécu des moments d'intense activité surtout quand nous étions entre les mains de ces imbéciles de militaires qui nous parlaient un français approximatif parce qu'ils ne pouvaient pas parler autrement et que cela faisait partie de l'humiliation que leurs chefs nous faisaient subir. Tu étais fort parce que tu déjouais tous leurs plans de vexation. Je te faisais confiance. On se complétait, car moi j'étais fort en gueule, je savais leur tenir tête et au besoin me battre physiquement. Les coups, tu les recevais mais tu ne savais pas les rendre. Tu étais un cérébral et moi un physique. En fait, j'étais les deux, et dans ces circonstances je préférais montrer mes muscles parce que nous avions affaire à des brutes qui comprenaient bien ce langage.

Notre amitié a été un beau parcours parce que jamais nous n'avons commis d'actes mesquins, petits, médiocres. Nous faisions très attention. Nous cultivions ce lien dans la transparence, sans la moindre ambiguïté, sans mensonge. Avec l'arrivée de nos femmes, nous avons connu un moment de flottement, mais nous avons tenu. Elles ont eu du mal à accepter la force et le passé de cette amitié. Il y eut quelques crises, elles n'ont jamais tout à fait accepté que notre lien passe avant la famille. La jalousie est un sentiment banal, normal. Il faut juste le savoir et ne pas être surpris quand il se met en branle.

Tu m'as beaucoup manqué, surtout les premières années en Suède. J'avais envie de te faire découvrir ce pays, de partager avec toi des expériences de la vie quotidienne, de discuter avec toi leur mode de vie, leur rationalité froide, leur grande gentillesse, leur culture du respect, bref tout ce qui nous manque dans notre cher pays.

J'ai appris la langue et j'étais fier de voir des films de Bergman en langue originale non sous-titrée. J'ai profité de la situation géographique pour visiter les pays voisins. J'ai eu un faible pour le Danemark. Partout, j'ai rencontré des compatriotes, certains perdus, exilés politiques, d'autres travaillant et ayant fait leur vie dans cette partie du monde. Tous me disaient la même chose : le Maroc leur manque même s'ils y avaient souffert. C'est curieux cette relation forte et névrotique que nous entretenons avec notre terre natale, la preuve, même moi j'ai tenu à rentrer mourir au pays. C'est peut-être à cause de nos cimetières. Les tombes sont disposées n'importe comment. Il y a un désordre qui ne gêne personne. Des enfants te proposent d'arroser la tombe que tu es venu visiter, des vieux paysans lisent le Coran en avalant la moitié des mots juste pour aller vite et gagner dix dirhams. Nos cimetières font partie de la nature, et ne sont pas tristes. Si tu voyais celui de Stockholm ! Froid, rangé, triste. Remarque, les Nordiques se font souvent incinérer. Nous, ça n'existe pas dans notre culture. Être réduit à un petit tas de cendre mis dans une boîte puis éparpillé dans le vent ! C'est romantique. Penser qu'on revient à la terre pour l'ensemencer et se réincarner en plante ou en fleur. C'est un sujet qu'on n'avait jamais abordé. Tu te souviens quand tu as eu ta crise athée ? Tu me disais que tu t'arrangerais pour donner à tes enfants des noms d'arbre ou de fleur. Tu refusais toute référence religieuse. Après tu as dépassé cette rigidité ; tu l'as remplacée par une autre : tu ne supportais pas l'hypocrisie sociale. Nous étions d'accord sur l'essentiel. Tu me faisais rire parce que tu cherchais la perfection chez les êtres humains. Tu ne le disais pas mais tu t'étonnais quand quelqu'un manquait à sa parole ou quand tu découvrais un petit mensonge.

J'aimais ton rapport avec les femmes. Je m'étais rangé, je me contentais de cultiver ma relation avec la belle Ghita et je ne séduisais plus. Chez toi, c'était ta faiblesse. Un dîner sans femme est une soirée ratée. Un voyage sans rencontre féminine est à oublier. Je fus étonné le jour où tu m'appris que tu allais te marier. Tu voulais me rejoindre, faire comme moi, choisir la stabilité et les conflits. Chacun a eu son lot de problèmes. Ni ta femme ni la mienne n'ont jamais accepté vraiment notre amitié. Nous leur volions un temps qui leur était dû. Ce que nous partagions était d'ordre spirituel ; avec elles, le sensuel prenait le dessus sur tout.

Trente ans avec quelques éclipses, quelques moments de silence, des absences dues à des voyages, des moments de réflexion, mais jamais de doute, jamais de remise en question. Nous nous retrouvions avec la même qualité de regard et de présence. Les gens croyaient que nous étions d'accord sur tout, alors que ce qui faisait la qualité de notre amitié, c'étaient nos différences, nos divergences mais jamais d'opposition. Nous étions complémentaires, farouchement jaloux de la force qui cimentait notre lien.

J'ai mal supporté ces années de rupture. Que de fois j'ai failli prendre un avion et venir te voir à Tanger pour t'expliquer ce que j'avais fait. Je n'eus pas le courage, et puis c'était trop tard. Je croyais à mon initiative, je n'allais pas me déjuger. Quand je t'en voulais en te parlant des factures, je m'employais à être crédible, j'utilisais tout mon talent de comédien pour faire passer le message. Il fallait de la conviction, et surtout pas de faiblesse.

À présent, je te rends ton dû. Notre amitié a été une belle aventure. Elle ne s'arrête pas avec la mort. Elle fait partie de toi vivant.

Mohamed.

Tanger, juillet 2003-janvier 2004

Du même auteur

Harrouda
roman
Denoël, « Les lettres nouvelles », 1973
« Relire », 1977
et « Médianes », 1982

La Réclusion solitaire
roman
Denoël, « Les lettres nouvelles », 1976
Seuil, « Points », n° P161

Les amandiers sont morts de leurs blessures
poèmes
Maspero, « Voix », 1976
prix de l'Amitié franco-arabe, 1976
et Seuil, « Points », n° P543

La Mémoire future
Anthologie de la nouvelle poésie du Maroc
Maspero, « Voix », 1976 (épuisé)

La Plus Haute des solitudes
essai
Seuil, « Combats », 1977
et « Points » n° P377

Moha le fou, Moha le sage
roman
Seuil, 1978,
prix des Bibliothécaires de France
et de Radio Monte-Carlo, 1979
et « Points », n° P358

À l'insu du souvenir
poèmes
Maspero, « Voix », 1980

La Prière de l'absent
roman
Seuil, 1981
et « Points », n° P376

L'Écrivain public
récit
Seuil, 1983
et « Points », n° P428

Hospitalité française
Seuil, « L'histoire immédiate »,
1984 et 1997 (nouvelle édition)
et « Points Actuels », n° A65

La Fiancée de l'eau
théâtre, suivi de
Entretiens avec M. Saïd Hammadi, ouvrier algérien
Actes Sud, 1984

L'Enfant de sable
roman
Seuil, 1985
et « Points », n° P7

La Nuit sacrée
roman
Seuil, 1987
prix Goncourt
et « Points », n° P113

Jour de silence à Tanger
récit
Seuil, 1990
et « Points », n° P160

Les Yeux baissés
roman
Seuil, 1991
et « Points », n° P359

Alberto Giacometti
Flohic, 1991

La Remontée des cendres
suivi de
Non Identifiés
poèmes
Édition bilingue,
version arabe de Kadhim Jihad
Seuil, 1991
et « Points », n° P544

L'Ange aveugle
nouvelles
Seuil, 1992
et « Points » n° P64

L'Homme rompu
roman
Seuil, 1994
et « Points » n° P116

Éloge de l'amitié
Arléa, 1994
et rééd. sous le titre
Éloge de l'amitié, ombres de la trahison
Seuil, « Points » n° P1079

Poésie complète
Seuil, 1995

Le premier amour est toujours le dernier
nouvelles
Seuil, 1995
et « Points » n° P278

Les Raisins de la galère
roman
Fayard, « Libres », 1996

La Nuit de l'erreur
roman
Seuil, 1997
et « Points » n° P541

Le Racisme expliqué à ma fille
document
Seuil, 1998

L'Auberge des pauvres
roman
Seuil, 1999
et « Points », n° P746

Labyrinthe des sentiments
roman
Stock, 1999
Seuil, « Points », n° P822

Cette aveuglante absence de lumière
roman
Seuil, 2001
et « Points », n° P967

L'Islam expliqué aux enfants
Seuil, 2002

Amours sorcières
nouvelles
Seuil, 2003

RÉALISATION : PAO ÉDITIONS DU SEUIL
IMPRESSION : SN FIRMIN DIDOT AU MESNIL-SUR-L'ESTRÉE
DÉPÔT LÉGAL : MARS 2004. N°65412 (67195)
IMPRIMÉ EN FRANCE

6 R.C.L. 2004